VILLAIN SCION
悪役御曹司の勘違い聖者生活
SAINT
～二度目の人生はやりたい放題したいだけなのに～

オウガく〜ん！　こっちで遊ぼうよ〜！

【限界超越《ギアチェンジ》・剛《ごう》】
奇妙な技を使う……！

オウガ君。みなさんも待っていますよ

VILLAIN SCION

悪役御曹司の勘違い聖者生活 3

SAINT

～二度目の人生はやりたい放題したいだけなのに～

Story
木の芽

Illustration
へりがる

Character
オウガ・ヴェレット
現代日本から悪徳領主の息子に転生し、王立魔法学院に通う。四大公爵家・ヴェレット家の長男。魔法適性を持たないものの、強靭な肉体を持つ。特技は努力。

アリス

元聖騎士団総隊長。現在はオウガ専属のメイド兼護衛。主を【救世主】だと信じ行動する。特技は戦闘。

マシロ・リーチェ

魔法学院一年生。複数魔法適性者。平民出身。オウガに好意を抱く。特技は耳かき。

レイナ・ヴェレット

魔法学院三年生。オウガによって救われ、ヴェレット家の養子に。特技は紅茶を淹れること。

カレン・レベツェンカ

魔法学院一年生。四大公爵家の一角。オウガの幼なじみであり、婚約者。特技は化粧。

フローネ・ミルフォンティ

【雷撃のフローネ】。行方をくらまし暗躍する元学院長。オウガを敵視。

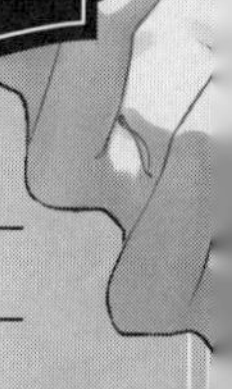

ゴードン・ヴェレット

ヴェレット公爵家の当主。悪徳領主を装い王国を守る。オウガを溺愛。

アンバルド・ロンディズム

現国王。オウガこそ【聖者】の称号にふさわしいと考えている。

◆プロローグ◆ 学院魔術対抗戦後〜

王暦アンバルド25年#月#日

今日からリッシュバーグ魔法学院がしばらく休校となった。

【雷撃のフローネ】についてなにか手がかりが残っていないか大規模な調査が行われるためだ。

生徒たちにとっては少し早めの長期休暇になる。

そして、俺のパラダイスも始まる……！

マシロ、カレン、レイナが我が家に泊まることになったからだ。

夏は人を大胆にさせるという。つまり、そういうことが起きてもおかしくない……！

ここ最近はいろいろと壮絶だったからな……。

そろそろゆっくりと好き放題過ごしても許されるだろう。

というわけで、所有するビーチでみんなで遊んだ。

揺れるおっぱい。弾むお尻。輝くうなじ。

あぁ……最高……。これだよ、これ！　俺が求めていた異世界生活っていうのは！

これからみんなと過ごせるのは確定だし、しばらくは楽しみが続くな～！

王暦アンバルド25年#月？日

やはり良《い》いことをしたからなのか、最近は俺にとって嬉《うれ》しい報告が続く。

国王様との謁見をせずに済んだのだ。

理由としては俺が頑張ったのは国のためじゃなくて、あくまで自分自身のため。そんな自己中心的な自分が受けることはできないとか、上手《うま》くごまかすことに成功。

これにより称号も辞退することができた。

冗談じゃない。そんなものを得てしまっては好き放題できないじゃないか。

ただ、それでは王家の面子《メンツ》が潰れるということで褒美《ほうび》だけいただけることに。

そこで俺に与えられたのは――国が保管する地下魔導禁書庫の閲覧権限だった。

……いやだ。巻き込まれるのはもういやだ……！

王暦アンバルド25年#月♡日

これまで生きてきて聞いた覚えのない魔法の属性が出てきた。その名は闇属性。

あまりに危険すぎる効果を持つせいで世界から封印された魔法らしい。

対象の精神に影響を及ぼす、その禁忌の魔法をフローネも使用するらしい。

だが、俺の目的はフローネに対抗するためじゃない！

レイナが教えてくれた……闇属性魔法には『催眠』があるということ……！

催眠。男なら一度は夢見たことある、あの催眠だ。

もちろん理想は愛のあるハーレムがいい。だけど、せっかくの異世界。ここで一つ違う趣向を加えてみたい気持ちがあるのも本当だ。

というわけで、さっそく調べるぞ～！　催眠、催眠！

王暦アンバルド25年#月%日

催眠、ダメ絶対。

ちょっとでも『オラ！　催眠！』というシチュエーションに憧れた自分を恥じたい。

レイナと闇属性魔法について知れば知るほど、これは確かに封印されるべき代物だと納得する。

人間の尊厳の冒瀆《ぼうとく》に等しい。人間が人間でなくなる魔法……とでも言えばいいのだろうか。

こんなものを使う奴《やつ》がまともであるはずがない。

なんのためらいもなく、己の欲望のために使い回っているフローネは間違いなく地獄へ落ちるべき外道だ。

そんな奴《やつ》が俺の大切なマシロを狙っている。

……そろそろ俺も覚悟を決めるときが来たようだ。

一世一代の大勝負を迎えるための覚悟を。

王暦アンバルド25年#月@日

この長期休暇中の俺のスケジュールのほとんどはみんなとの遊び。自主学習。そして、アリスとの鍛錬だ。

というか、アリスが強すぎる。未《いま》だに彼女に勝てる気がしない。

しかし、そのままではいけないのだ。世の中にはフローネのようなアリスと同等、それ以上の強者がいることがわかった。

マシロ、カレン、レイナ、アリス……。今の俺には守るべき存在がたくさんいる。

そして俺が強くなければ、彼女らを守ることができない。

俺が最も忌避するのが寝取られ。

それを防ぐためにも厳しい自己鍛錬に励むのは道理だろう。

面倒ごとに巻き込まれるのはごめんだが、大切な身内を守れるぐらいには強くなっておきたい。

王暦アンバルド25年#月＊日

先日、アリスが使用人のみんなには手紙が届くのに、自分にだけは一通もないことをさみしがっていたので感謝の手紙を書いてあげた。

しかし、俺が気になったのはアリスの態度だ。

泣いて喜ぶと思っていたのだが、どうにも反応が悪かった。

……もしかして、あんまり嬉《うれ》しくなかった？　マシロの時みたいに何かプレゼントしてあげた方がよかったかもしれない。

そういえば彼女の口から彼女自身の話を聞いた記憶があまりない。

少し機会をうかがってから、アリスとお話ししよう。そうしよう。
というわけで、アリスにお手紙の返事を書くことをお願いした。
彼女との仲が深まるのはいいことだからな。将来の俺の生存率的にも……うん。

王暦アンバルド25年#月¥日

アリスが『辞表』を残して、屋敷《やしき》から姿を消した。

◆Stage3-1◆ 海！ 水着！ バカンス！

楽園というのは、どこのことを指すのだろう。

尽きない金が湧き出る世界。一度口にすれば手が止まらない美食に溢《あふ》れた世界。才能を与えられ全てにおいて無双できる世界。

苦しみなどない思い描く天上の世界は人によって変わるだろう。

そして、俺にとっての楽園とは――今まさに目の前にあった。

「オウガく〜ん！　こっちで遊ぼうよ〜！」

満面の笑みでこちらに向かって手を振っているマシロ。

彼女はなんと大胆にも黒ビキニだ。

彼女のはち切れんばかりのメロンを包み込むには少々頼りない。

金色のチェーンに通されている俺がプレゼントした指輪が半分ほど谷間に沈みかけていた。

腰に巻かれているパレオも透き通るレース状の生地で、隠されているはずの太ももが逆になまめかしくなっている。

それでも下品に思えないのはマシロの太陽のような笑顔がいやらしさを浄化しているからだ

ろうか。

「オウガ、冷たくてすごい気持ちいいよ! いい汗かこう!」

マシロの隣にいるフィアンセのカレンもまたビーチボールを持って、遊ぶ気満々である。

彼女は胸を包む白のフリルが特徴的な水着を着ていた。

だけど、ご立派な胸を支えるようにビーチボールを持っているため、フリルでも隠せないくらい横乳が主張していた。

むしろ普通に着ているよりもエロい。

手に持ったビーチボールで遊ぶのだろうが、本当に運動して大丈夫か?

まろび出てしまいそうでこちらとしては心配になる。

「オウガ君。みなさんも待っていますし、準備運動もその辺りにして行きませんか?」

そう声をかけるのは新しく俺の義姉になったレイナ。

彼女は胸元を露出しないようにシャツを羽織っているため、トップスは見れない。

だけど、なにも女性の魅力は胸だけじゃないのだ。

シャツは少々サイズが大きいものを選んだのか、パンツ部分が隠れている。

つまり、シャツから健康的な生足が生えている形。

その両脚が描く脚線美は見る者の視線を釘付《くぎづ》けにする芸術品。

太ももからつま先まで視線が降り、そしてまた昇っていくとレイナが挑発するようにシャツをつまんで上げていた。

見えるか見えないかの瀬戸際《せとぎわ》でこちらを焦《じ》らすようにめくる手を止めた。

これがシュレディンガーのパンツ……！

「あらあら。ダメですよ、オウガ君。そんなに見ては」

当然、それだけ熱視線を注げば気づかれるわけで……イタズラが成功したレイナはクスクスと笑った。

降参だと、俺は両腕を上げる。

これ以上やっても俺が逆転勝ちするのは難しい。

「レイナ様。お戯《たわむ》れはその辺りで……」

その様子を一部始終見ていたアリスがそれとなくたしなめる。

彼女はパラソルを立て、その他にも俺たちが砂浜で快適に過ごすための設営を行っていた。

相も変わらず律儀《りちぎ》に働いてくれるのはありがたいが……そんな彼女を見て、俺は一点もの申したい気持ちがあった。

「……アリス。どうして水着じゃないんだ？」

そう。アリスはいつもと変わらぬメイド服を着用していた。

暑さが厳しくなってきた中で長袖でも汗一つ見せないのは流石《さすが》だが、俺にはたくさん見せてもらいたいものがある。

アリスもみんなに負けないほど素敵なスタイルをしている。

三人の水着姿も楽しみだったが、俺はアリスの水着も同じくらい楽しみにしていたのだ。

それなのにこの仕打ち。

少々ガッカリしたのは致し方ないだろう。

「私はオウガ様のメイドでございます。役職を放棄するわけには……」

「今だけは気にしなくていい。一緒に俺たちとの時間を楽しめ」

「ありがたいお言葉ですが、恐れ多く……」

「気にするな、アリス。言っただろう、もう忘れたのか」

俺の悪役生活の記念すべき第一歩となったあの日。

闘技場にてアリスに送った言葉を。アリスという名前を付けた意味を再び口にする。

「お前の名前はヴェレット家のルールに添って付けた。──アリス。お前は俺の剣であると同時に家族でもあるんだ」

だから、遠慮せずに水着になってお前のおっぱいも見せてくれ。

あと、贅沢《ぜいたく》は言わないからバキバキに割れた腹筋も。

俺は知っているんだぞ。

早朝の実戦トレーニングで汗をシャツで拭った際に、チラリと見えたからな。

「……オウガ様！　私は、私は……！」

アリスはわかりやすく感涙し、ダバダバと洪水のように涙を流し始める。

うん、感激してくれるのは嬉《うれ》しいんだけどね。

早く水着になってくれた方が俺はもっと嬉《うれ》しいかな。

「……それでは醜いものを晒《さら》してしまいますが――」

「ああ。ひとまず作業は置いて、着替えに」

「――失礼いたします!!」

「……ん？」

俺が制止する暇もなく、アリスはその場で勢いよくメイド服を脱ぎ捨てた。

当然、下に水着など着けているわけもなくあらわになるのは下着姿の彼女。

胸元は幾重にも巻かれたサラシ。

下は腰の両端を紐《ひも》で結ぶタイプの大人なパンツのみ。

想像していたよりもすごいものを見れてしまった俺は思わず思考がフリーズしてしまう。

「ア、アリスさん⁉」

「その服装は流石《さすが》に刺激的すぎる……！」

とんでもない行動に驚いて突っ込むマシロたち。

マシロは慌ててアリスのもとに駆け寄ると、彼女の腰元にパレオを巻く。

少しでも隠そうと処置したのだろうがパレオから透けて見える分、余計にいやらしくなっていた。

当の本人は全く気にした様子がないのが面白い。

俺はそんな光景を安らいだ気持ちで眺めていた。

マシロ、カレン、レイナ、アリス……。

これだけレベルの高い美少女たちに求められ、囲まれている。

前世ではまずあり得なかったシチュエーション。

これこそ俺が描き、欲《ほっ》し続《つづ》けたパラダイス……!!

最高のひとときの始まりに笑みは隠せない。

あの激務をこなしたかいがあったというものだ。

どうして俺たちは学院から飛び出し、ヴェレット領のプライベートビーチにて遊びを満喫しているのか。

少しばかり遡ることになる。

◇　◇　◇　◇

「ふぅ……これでしばらくは俺たちも休めるな」

激動の学院魔術対抗戦からはや一カ月が経《た》った。

その間、俺たち新・生徒会は働きづめで、毎日クタクタになっていたのはもはや懐《なつ》かしい記憶。

というのも、学院が急遽《きゆうきよ》長期の休校になることが正式に発表されたからだ。

【雷撃のフローネ】が黒幕として起こした魔法学院の生徒をターゲットにした大量殺人事件。ならびに過去においてラムダーブ島で起こした惨劇の数々。

罪はそれだけに収まらないのだから、奴《やつ》の凶悪さは常人でははかりきれないところにあるのだろう。

そんな【雷撃のフローネ】が学院長として君臨していたのがリッシュバーグ魔法学院だ。

当然、国からの徹底的な調査が入る。

あの女がなにか痕跡を残しているとは考えにくいが、それでも見逃す選択肢はない。

学院全体をくまなく捜索するため。

これが長期休校の一つ目の理由。

もう一つは在校生徒のメンタルケアのためだ。

今回の一件を受けて、数多くの休学希望届が提出された。

まっとうな精神を持つ保護者ならば、あんな大量殺人犯が学院長を務めていたところに大切な愛息、愛娘《まなむすめ》を預けるのを忌避するのも当然。

特に生徒全員が貴族の生まれであるリッシュバーグ魔法学院は影響が大きい。

自分たちで家庭教師を雇うことだって可能だからな。

魔法学院で受けられるカリキュラムに劣るとはいえ、命の危険がない方が流石《さすが》に優先なのも理解できる。

行方をくらましているフローネがいつまた学院に戻ってくるかもわからないのだ。

そんな事情があり、学院側は生徒の長期休暇。および学院の一時閉鎖の判断を下した。

というわけで俺たち生徒会はちょうど最後の見回りを終えて生徒会室に戻ってきたところだった。

「みんなで回って改めて思ったけれどリッシュバーグは広いね。朝から始めてお昼までかかるとは……」

アハハ、と苦笑いするカレン。

確かに分担すればもう少し早く終わったのだろう。

だが、俺が希望して全員で固まっての移動となった。

理由は簡単。

【雷撃のフローネ】は俺を敵として認識している。

レイナの話を聞くに、どうも奴《やつ》は俺を危険因子として敵対視しているらしい。

それに加えて、俺はレイナという奴《やつ》の育てた駒を奪った。

故にいつ襲撃されてもおかしくないと思っている。

その際に比較的、戦闘力がないカレンは危険だ。一人にしておくのは愚行。

俺、マシロ、レイナがいれば最悪の事態は防げるだろう。

「すまないな。だが、これにも事情が」

「あぁ、ごめん！　そういう意味じゃないよ？　それにあの時の言葉は嬉《うれ》しかったし……」

「……？」

指をツンツンとさせるカレンの声は尻すぼみになって最後の部分だけ聞き取れなかった。

あの時の言葉……というのは、みんなで行動することを提言したときのアレだろうか。

『全員で見に行こう。俺の元から誰も奪われたくないからな』

底抜けの明るさでよどんだ空気も清浄してくれるゆるふわ同級生。

俺の好みを理解しても大好きオーラを出してくれる婚約者。

最近は俺をからかうことに楽しみを覚え始めた義姉。

絶対にフローネに奪われるわけにはいかない。

この俺の考えた最強のハーレムを守るためならなんだってしてやる。

なので、本心をそのまま口にしただけで特に変な意味で言った覚えはないが……。

まぁ、いいだろう。それよりもこのまま解散する前に一つ、話しておきたいことがある。

俺は椅子に座って、背もたれにもたれかかっているマシロに向き直——うお、でっか……。

全身を椅子に預けているせいで、そり上がった彼女のおっぱいがとんでもない主張をしていた。

ギチギチとボタンがはじけ飛びそうなほどだ。

大きいおっぱいにいじめられて制服がかわいそう……と、そうじゃなかった。

俺はなるべくおっぱいに目が行かないよう——無理だ、これ。どうやっても視界に入り込んでくる。

いっぱい食べて、よく寝る子は育つというが……もしかして入学時よりもまた成長していないか？

……仕方ない。もういっそのことおっぱいにしゃべりかけよう。

「マシロ。例の件、ご両親は承諾してくれたか？」

「うん～。よろしくお願いしますって返事もらったよ～」

「……そうか。それならよかった」

おっぱいがしゃべってる。

マシロが言葉を発するだけで胸が上下して……え、腹話術？　いや、胸話術か？

「ふふっ、マシロさんはすっかり疲れてしまっているみたいですね」

そう言って彼女の前にティーカップを置くのはレイナ。

俺たちがやりとりしている間に淹《い》れてくれたのだろう。

相変わらず良《い》い香りが漂っている。

「こちらはカレンさんの分……。はい、オウガ君もどうぞ」

「ありがとう」

礼を言って、すっかり慣れた生徒会長の席に座って一口含む。

ふぅ……レイナの紅茶は相変わらずおいし……ん？

味に違和感を覚える。これはいつもより……苦い？　渋みが強いというか……。

「ふわぁ～。美味《おい》しい～」

「うん、とっても。ありがとうございます、レイナさん」

「いえいえ、私も一息つきたいなと思ったところですから」

同じ物を飲む二人に変わった様子はない。

マシロはほわほわで、カレンも表情を取り繕っていない……ということは。

「あら？　どうかしましたか、オウガ君？」

犯人は全く目が笑っていないレイナでした。

……これはマシロのおっぱいを凝視していたことに気づかれているな。間違いない。

それについて怒っているといった感じか。

「いや、なんでもない」

俺はグイッ《バッ》とレイナの紅茶を飲み干すと、おかわりを要求する。

「もう一杯、もらえるか？」

「……わかりました。ちゃんと愛情を込めて淹《い》れますね」

どうやら反省の意思が伝わったらしい。

今の言葉から察するに、今度は美味《おい》しいいつものレイナの紅茶が運ばれてくるだろう。

まだ口の中いっぱいに苦みが残っているが、おかげで意識がおっぱいではなく現実に戻ってきた。

「じゃあ、事前に伝えていた通り、マシロをヴェレット領に案内する。荷物はアリスが手配している荷馬車に積み込むように」

「わかった！」

元気の良《い》い返事でよろしい。

これはこれでまた別の事情があって、しばらくの間、マシロはヴェレット家で預かることになった。

フローネがマシロを狙っていることが明確になったからだ。

レイナの証言もあり、間違いなく奴《やつ》はマシロを欲《ほっ》している。

その理由は俺では思いつかないもの。

【憑依《ひょうい》転生《てんせい》】

俺が別世界から魂を持って、この世界に転生してきたのと同じように。フローネは今の肉体から、新たな肉体へと自分の魂を移し替えようとしている。

そして、新たな器として奴《やつ》のお眼鏡にかなったのがマシロ・リーチェ。

複数魔法適性保持者《デュアル・マジックキャスター》としての才能を持つ彼女は入学時から目をつけられていた。

もし俺があの日、マシロと出会っていなければ彼女は今ごろ……。

……と、暗い話はここまでにしておくか。

せっかくの美味《おい》しい紅茶も冷めてしまう。

それにフローネの件はいずれしっかりと話し合うことになるだろうしな。

とにかくそんな危険な状況下にあるマシロをみすみす故郷に帰すわけにはいかなくなった。

ならばどこに行くのか？　と問われれば、この世界で最も安全な場所は間違いなくヴェレット領になる。

また保護の対象はマシロだけじゃない。

「これで全員がオウガの家に集合かぁ。お泊まり会みたいですごく楽しみだね」

カレンもヴェレット領にて預かることになっている。

彼女については先日、マシロを父上と共に守ってくれたお礼をしにレベツェンカ家を訪問した際に直接お願いした。

『大切なカレンの命を俺にも守らせてください』と。

すると、『好きにすればいい』と許可をもらえたのだ。

カレン父も王太子との一件から変わり出しているのかもしれない。

とにかくカレンも我が家で預かることになり、これで生徒会メンバー全員がヴェレット家でしばらく生活を共にすることになった。

もちろん、カレンをそばに置いて安心感を得たかったというのもある。

だが、俺の真の狙いは別にあるんだよ……クックック。

「というよりも実質、お泊まり会だな。変に気負わず、それくらいの気持ちで楽しんだらいいさ」

「はいはい！　この間のパジャマパーティーも楽しかったし、またみんなでお菓子食べながらおしゃべりしたいです！」

「いいですね。私も楽しみです」

休暇中をどのように過ごすか、和やかな空気で話は進んでいる。

和気あいあいと盛り上がる三人を見て、思惑通りに事が進んでいると確信した俺は内心ほくそ笑んでいた。

こちらの世界に四季という概念はないが、近頃は暑さが増しており、前世でいう夏へと入っている。

夏は人の気持ちを開放的にさせ、行動を大胆にさせるという。

そう……つまり和気あいあいとした雰囲気から、そういうムードに突入してもおかしくないわけだ。

悪役を志し始めた頃の俺はまだまだハーレムを増やし盤石なものとするまで、個々人に手を出すつもりはなかった。

究極を求めるならば世界中の可愛《かわ》い女の子をみんな俺の女にしたい。

そういう悪役思考で動いてきたからな。

しかし、レイナを身内に抱え込んだ現時点で、もうそのルートからは外れてしまったと言っても過言ではない。

圧倒的才能を持つマシロを常にそばに引き連れ、四大公爵家の一人娘と婚約をし、【神の子】と呼ばれる世界で有数の魔法使いを義姉にした。

もうここに新たにハーレムの一員として加わろうと思う人物はそうそういないだろう。

もし存在するならば、レイナのように相当の覚悟を持っているか、アリスのように俺に狂信的な想《おも》いを胸に秘めているか。

どちらにせよ、そう簡単に見つかることはないだろう。

出会いの場であったリッシュバーグ魔法学院も長期休校となり、八方ふさがりに近い。

であるならば、そろそろ次の関係に踏み込んでもよいのではないだろうか。

そう、俺の目標は……この夏で一人前の大人になることだ……！

「ただいま戻りました、オウガ様」

「……ご苦労。準備は整ったか？」

「ヴェレット家直属の騎士十名と共に三台の馬車をつけております」

いつの間にか背後に戻ってきていたアリスが耳元でささやいたので、思わず肩がビクつきそうになるのを抑える。

変な声を出さなかった自分を褒めたいくらいだ。

「じゃあ、彼女たちのお話が一段落ついたら移動しよう」

「かしこまりました。……みなさま、とても楽しそうでございますね、オウガ様」

「喜ばしいことじゃないか。あれこそ俺が望んだ景色だよ」

俺好みの女の子たちがキャッキャウフフと笑顔を浮かべている。

この世界に転生してから描いていたものに相違ない。

「それは……はい。あの光景の果てがオウガ様の行き着く未来でございます」

光景の果て……つまり、俺が三人の夫となり、幸せな家庭を築くことを言っているのだろう。

「クックック……アリスもよくわかってきたじゃないか」

「まだまだです。聡明《そうめい》なオウガ様の考えを全て理解できるようになってこそ専属のメイドだと思っています」

「そうか……では、アリス。俺から一つ、さきほどのお前の言葉を訂正しようじゃないか」

「ありがとうございます。ぜひご教授いただけますか？」

「お前はあの光景の果てと言ったが、そこにお前自身が入っていないじゃないか。俺はアリスの笑顔もずっと見ていたいと思っているぞ」

だって、アリスが笑顔じゃない＝俺の死と言っても過言ではない。

俺の狂信者であるアリスが俺のそばで笑っていないとなると、その未来では間違いなく不信感を抱かれている。

楽して最高の人生を過ごす俺の悪役願望が彼女にバレてしまったら……俺の結末は想像に容易《たやす》い。

今でさえ彼女と実戦形式のトレーニングで勝率は一割も超えないのだ。

【限界超越《ギア・チェンジ》】を習得してやっとその結果なのだから、アリスが俺を本気で倒そうとしたらまず間違いなく負ける。

そう考えると、まだまだ俺も強くならないとな……。

もっともっと新しい技を身につけていかないと……と、つい考え込んでしまった。

そこでふと気づく。

アリスが俺の言葉に対してこんなに返答が遅くなったことがあったか？

……えっ？　もしかしてさっきの意図に感づいたとかないよな……？

気になった俺は後ろに控える彼女を見上げる。

「……ありがとうございます、オウガ様。そのようなお言葉をいただけて、私は幸せ者でございます」

アリスはいつものように涙を流すでもなく、かといって嫌悪感《けんおかん》を見せたわけでもなく。なんとも言いがたい曖昧な笑みをしていた。

……彼女がこんな表情をするなんて珍しい。

少なくとも彼女を雇ってから俺は一度たりとも見た覚えはない。

これは……セーフか？　アウトか？

少しでも判断材料が欲しかった俺はアリスの表情をうかがい続ける――アリスに夢中になっていた俺は背後から近づいてくるやきもち同級生の存在に気がつかなかった。

「オウガくん？　アリスさんに見とれて、ボクたちは無視ですか～？」

「すまなかった、マシロ。だから、手を離してくれないか？　人間の首が曲がっちゃいけない方向に曲がりそうになってるから……！」

アリスに向いていた俺の両頬を掴《つか》み、ググッと自分の方へと回そうとしているマシロ。

おかしいな。マシロはたぐいまれなる魔法の才能と引き換えにとても非力なはずなのに、どうして鍛えている俺の首は対抗できないのだろう。

「じゃあ、さっきボクたちがオウガくんに聞いたお願いは何だったか答えてください」

「ハッハッハ。なんだ、そんなことか。すぐにわかったよ」

「ふぅん。じゃあ、教えてほしいな？」

「……とびきりのお菓子を用意しているか。そうだろう？」

「ぶっぶー、ハズレ」

さらば、俺の理想郷。

来世では上手《うま》くやるんだぞ。

世界一朗らかな死刑宣告を受けた俺は力なく笑みを浮かべて、己の最期《さいご》を待つ。

「そんなオウガくんにはこうなんだから……えいっ！」

一瞬にして視界が真っ暗になった。

だが、意識を失いブラックアウトしたわけではない。

この最高のふわふわとしたマシュマロな感覚と女の子特有の甘い香り。導き出した俺の答えはこうだ。

ただいま、俺の理想郷！

もう二度と手放したりしないからね！

「もう駄目だよ？　アリスさんが綺麗《きれい》だからってボクたちを放っておいたら」

「そうだよ、オウガ。ちゃんとみんなを大切にしてくれないと」

「オウガ君に捨てられたら末代まで恨みますからね」

「そんなことするわけないだろう。俺は強欲な男だからな。欲しいと思ったものは絶対に手放したりしない。たとえどんな相手でも」

「うんうん、知ってるよ。……そんなオウガくんだからボクたちは安心してついていけるんだ

から」

俺の頭をそっと撫《な》でながら、マシロは優しい声音で呟《つぶや》く。

女性の胸は母性の象徴ともいうが……なるほど。これは心安らぐ。

この人生……いや、前世を含めて俺の脱童貞の際は赤ちゃんプレイもいいかもしれない。

前世でも社会に疲れた大人相手に流行《はや》っていたらしいからな、バブみというのは。

その気持ちが少しだけ理解できた気がする。

しかし、いつまでもこうしているわけにはいかない。

俺は四大公爵家の長男、オウガ・ヴェレット。

ある程度の体裁を保つ必要がある。夜のそういう場面ならまだしも、昼から万乳引力《おっぱい》に屈するわけにはいかないのだ。

心の内で血の涙を流しながらも、そっとマシロから離れる。

本番は今ではない。長期休暇中だということを忘れるな……！

「移動の準備もできた。俺が聞き逃した話は馬車で移動しながら聞くとしようか」

◇◇◇◇

「なるほど、三人のお願いはわかった。それなら十分に叶《かな》えられる」

俺は三人の話し合いのまとめを聞いて、答えを出す。

ちなみに俺の膝にはまた馬車酔いしたマシロが寝転がっている。

アリスが外で手綱を握っている以上、長時間の膝枕に耐えられる鍛えた太ももは俺しかいないので、自然とこの形になった。

あいにくだが馬車では魔法船《マジック・シップ》のような快適な旅は出来ない。

そもそも貴族たちは日頃の移動に使う分、揺れにも慣れているからな。そういった効果は必要がないのだ。

……話を戻そう。

三人が求めたのは楽しい思い出作りをすること。

それには俺も大賛成だ。

特に先日の一件ではあまりにも血生臭い出来事が続いた。

それらを払拭《ふっしょく》するためにも楽しい思い出を作るのは間違いではないだろう。

実を言うと、俺も同じことを考えていたのだ。

降って湧いてきた長期休暇。

やることがあれば考え込む時間は少なくなるが、暇が出来てしまってはついつい思考にふける時間が増えてしまう。

マシロは本物の命の取り合いの恐ろしさを。

レイナはこれまでのフローネとの過去を。

二人とも表立ってそういった様子は見せないが……優しい心の持ち主だ。

きっと俺に気取《けど》られないように蓋をしてしまう。

だったら、それらを忘れてしまうくらい良《い》い思い出で上書きしてやりたい。

膝の上で休むマシロのサラサラとした髪に沿って撫《な》でると、彼女はくすぐったそうに少しだけ身じろぎした。

そういう意味では今日までの忙しさは悪いことばかりではなかったのかもしれないな。

「さっそく今日にでも手配をしよう。今日、父上と会談があるから、そのときにでも話しておくとするか」

今日は多忙な父上が珍しく屋敷《やしき》に滞在しているらしい。

家族思いのあの人のことだから十中八九俺に予定を合わせてくれたのだろうが。

俺とレイナは父上と改めて三人で話し合う予定だ。

この三人での議題は当然、一つ。

【雷撃のフローネ】についてしかあるまい。

「そういえばゴードンお義父《とう》さまと会うのは久しぶりかも。あと、セリシアちゃんも！」

「悪いがセリシアは今はいないぞ。カーマベイン帝国に留学中だからな」

「あっ、そういえばそうだったね……」

肩を落として残念がるカレンが会いたがっているのは、俺の実妹であるセリシア・ヴェレット。

悪役へ邁進《まいしん》する俺とは違って、品行方正、才色兼備、文武両道。そして、誰からも愛される善人。

そんな言葉の数々が似合う可愛《かわい》い妹は社会勉強のために隣国のカーマベイン帝国の魔法学院に母上と共に留学している。

セリシアには俺の体質のせいでずいぶんと苦労をかけているのに慕ってくれるので、俺も会えないのはさみしい。

しかし、いくらさみしさを募らせてもそう簡単に帰ってこられる距離ではないので手紙だけ出しておいた。

入学してからの出来事。マシロのこと。カレンが再び婚約者になったこと。レイナという義姉ができたこと。並べると、ずいぶん色濃い数カ月だったな。

「私も早く挨拶したいですね。義姉になりましたから」

「きっとレイナもすぐ仲良くなれると思う。本当に裏表のない天使のような子だから」

「まぁ。それはとても楽しみです。オウガ君と一緒で、私の淹《い》れる紅茶を気に入ってくださると嬉《うれ》しいですね」

「なるさ。セリシアは俺と好みがすごく似ているから」

本当にずっと俺の後ろをついてきて可愛《かわい》いんだ。

俺が食べたものを食べたがり、俺が学んだものを学びたがる。

だから、家族で誰といちばん長く時間を過ごしたかと問われれば間違いなくセリシアだと答えられる。

雷雨が降る夜なんかはよく怖いからと言って、一緒に寝てほしいなんてベッドに潜り込んできたっけ。

……っと、いかんいかん。このままではペラペラと妹自慢を始めてしまいそうだ。

「そうだ。ヴェレット領まではまだまだ時間がかかりますし……よかったら、セリシアさんについて教えてくれませんか？」

「確かに私も気になる。セリシアちゃんとはパーティーであまり話せる機会がなかったから、私も知りたいな」

「私も少しでも早く家族として受け入れていただきたいですから」

「わかった。じゃあ、セリシアの可愛《かわい》いクセから――」

求められては遠慮する必要はない。

俺は可愛《かわい》い妹のとっておきのエピソードを語り始める。

それからしばらくの間、俺たちは妹を話の種に会話を咲かせたのであった。

◇◇◇◇◇

「マシロ、起きてくれ。着いたぞ」

気持ちよさそうに眠っていたマシロの頬を指で突《つつ》く。

もちもちぷにぷにで突《つつ》きがいのあるほっぺただ。

「んっ、んぅ……あと五分……」

「それは朝に言う台詞《せりふ》だな。もう外は夜だぞ」

「えっ⁉　ち、遅刻し、いたいっ⁉」

勘違いしたマシロは勢いよく起き上がって、天井に頭を思い切りぶつける。

鈍いゴツンという音に空気は一瞬静かになり、すぐに笑い声で満たされた。

「ふふっ、マシロさん。そんな慌てなくても授業はないよ」

「今朝の出来事をもう忘れてしまうくらい熟睡していたんですね」

「あ、あれ⁉　なんで二人が同じ教室に……オ、オウガくん？　どういうこと……？」

「こういうことさ、眠り姫」

寝ぼけて混乱しているマシロの手を引き、馬車の外へと連れ出す。

「えっ、お屋敷《やしき》……あっ、あぁぁ！　そうだった！」

俺たちが降りた先に広がる光景を見て、どうやらマシロも自分が何をしていたかを思い出したようだ。

「私も来るのは久しぶりだなぁ、オウガのお家《うち》」

感慨深げに目の前に立つ屋敷《やしき》を見つめるカレン。

白を基調とした広大な建築物は、この国ができたときからの由緒《ゆいしょ》正しい歴史を持っている。

国王の右腕として政界に暗躍するヴェレット家の総本山ともいえる場所。そして、俺の自宅でもある。

「そ、想像の何倍もすごい……」

「ほら、立ち止まっていても意味ないから中に入ろう」

「う、うん、そうだね……」

俺がそう言うとアリスがサッとやってきて、扉を開ける。

扉の向こう側に待っていた光景を見て、またマシロが固まってしまった。

天井から吊《つ》るされたきらびやかなシャンデリア。

壁に掛けられた歴代ヴェレット家当主の肖像画。

中央から左右へと広がる大階段。

玄関から階段まで延びるレッドカーペット。

そして、その左右にずらりと並ぶメイドと執事たち。

「「おかえりなさいませ、オウガお坊ちゃま。レイナお嬢様」」

一分《いちぶ》の狂いもない挨拶と一礼する姿は何度見ても圧巻だ。

全員が誇りを胸に持ってヴェレット家に仕えているからこそできる芸当でもある。

「出迎えご苦労。みな久しいな」

「ふふっ、新参者の私まで同じようにお迎えしていただけて感謝いたします」

「…………」

「クックック……マシロ。いつまでも固まっていては困るぞ」

「……はっ！　だ、だって、こんなのビックリするに決まってるじゃん！　ボク、平民なんだから！」

「しばらくはこれが普通になる。毎回呆《ほう》けているマシロを見るのも、それはそれで面白そうだがな」

「むぅ～」

ぽかぽかと胸を叩《たた》いてくるマシロ。

平民が貴族を叩《たた》く。平民が貴族に敬語を使わない。

よその家に仕える者ならば動揺が広がったかもしれないが、うちの者たちは全く気にした様子を見せない。

決して魔法適性がない俺が軽んじられているわけではなく、ヴェレット家の人間の性質をしっかり把握しているからだ。

優秀な人材を好み、身分は気にしない。

メイドや執事は本来、他貴族の三男以下や結婚適齢期を逃した女性たちが選出されて少しでもつながりを作るために雇われに来る。

だが、ヴェレット家はむしろ平民出の者たちが多かったりする。

もちろん貴族として生まれた者もいるが、派閥争いなどというくだらない諍《いさか》いもない。そのような些末《さまつ》なことにとらわれる者が父上の眼鏡にかなうことは決してないのだ。

「……さて、いつまでもここでたむろしているわけにはいかないな」

俺がパンパンと手を鳴らすと、従者たち全員が顔を上げて視線をこちらに向ける。

「アリスの指示に従って荷物を各自の部屋に運んでくれ。その後、数名は彼女たちに屋敷《やしき》の案内をするように」

「「かしこまりました」」

指示を出すと、彼ら彼女らはテキパキと即座に動き出す。

その中から二人のメイドがこちらのそばまでやってきて控えた。

「俺とレイナは父上のもとまで挨拶をしに行ってくる。カレンとマシロは彼女たちについていって、しばらくの屋敷《やしき》ツアーを楽しんでくれ」

「えっえっ？　ボ、ボク、マナーとかちゃんとできるか不安だけど大丈夫？」

「そう肩肘張らずに気楽にして問題ない。それにカレンも一緒にいるから心配いらないさ」

「そうだよ、マシロさん。……むしろ、私の方が緊張しているかもしれない」

確かにそれもそうだ。

詳しい事情を知らない者が聞けば、カレンは俺との婚約を一方的に破棄して、再び婚約を結ぶという前代未聞《ぜんだいみもん》なことをしている。

とはいえ、昔から働いている者たちはカレンの性格を知っているし、レベツェンカ家の事情もある程度は察しているだろう。メイド長であるモリーナがそこはしっかりとフォローしているはずだ。

カチコチと力の入ったカレンの肩を揉《も》んで、緊張をほぐす。

「ヴェレット家に仕えるみんなに限って、心配しているようなことはないから安心するといい。彼ら彼女らは自らの矜持《きょうじ》を汚すような真似《まね》はしないから」

そう言って控えるメイドたちに視線をやれば、彼女たちは一礼してみせる。

マシロとカレンもホッと一息を吐いて、緊張も多少はマシになったみたいだ。

「今日はもう食事と入浴くらいしかすることもないから、案内が終わったら部屋でゆっくりしておいてくれ」

「うん、わかった！」

「オウガとレイナさんも私たちをあまり気にしないで、お話ししてきて」

「ありがとう。じゃあ、またあとで」

二人と別れて俺たちも父上がいるであろう執務室へと向かう。

今回も家族として挨拶をするということもあるが、それ以上に【雷撃のフローネ】について父上と話す目的がある。だから、マシロとカレンには席を外してもらった。

「……レイナ、本当に大丈夫なのか？　あまり思い出したくないなら席を外していても構わないぞ」

彼女は例の事件から継続的に事情聴取を受けている。

しかし、それはレイナのトラウマであるフローネとの記憶を掘り返す行いだ。

彼女は仮面を被《かぶ》るのが上手なので、無理をしていないかと思ったのだが……。

「ありがとうございます、オウガ君。ですが、私は平気です。今は少しでも役に立ちたい。私のような被害者が増えないように」

決心はずいぶんと固いようだ。

その瞳は以前の生気のないものではなく、しっかりと自分の意志を強く感じられる。

ならば俺からこれ以上尋ねるのは野暮だろう。

「それに……もしもの時はオウガ君がそばで守ってくれますよね？」

「もちろんだ。俺はレイナが欲しくてたまらなくて手に入れたんだ。誰にも渡してやるものかよ」

「……私もオウガ君の隣に、永遠に……」

レイナはそっと腕を絡《から》ませて、体を寄せる。

互いに伝わりあう温かさが心地よくていい。

……こういうのでいいんだよ、こういうので！

あのとき、頑張った甲斐《かい》があった。

レイナもフローネから離れられて幸せ。俺も可愛《かわい》い女の子に甘えられて幸せ。

完璧なwin-winな関係だ。

レイナの体温をそばに感じながら、執務室までの道を歩いていく。

数回扉をノックすれば、入室を許可する声が聞こえたので中へと入る。

「お待たせしました、父上。オウガ・ヴェレット。レイナ・ヴェレット、ただいま魔法学院より帰還しました」

「ご苦労だったな、二人とも。ほう……ずいぶんと仲睦《なかむつ》まじいじゃないか」

「はい。大切な家族ですので、お義父《とう》さま」

「ハッハッハ。すっかりレイナもヴェレット家の一員だな、けっこうけっこう。長旅で疲れただろう。座るといい」

父上に促されて、来客用のソファに並んで腰掛ける。

父上自ら席を立ち、魔力をエネルギーとした冷蔵庫から冷えたフルーツジュースのビンを取り出すと、コップに注いでくれた。

ヴェレット領には前世での知識を利用したものがいくつも存在する。

冷蔵庫もそうだし、フルーツジュースも俺が父上に直談判《じかだんぱん》して作り上げた。

特にフルーツジュースは貴族から平民まで好んでよく飲まれ、今ではヴェレット領の特産品にまで上り詰めた。

転生した当初は甘味の種類が少なかったからな……。今でこそメニューを広めたことで各地でも目にするようになってきたが。

「ありがとうございます」

礼を言って、一息に飲み干した。

少しばかり乾いていた口にほのかな甘みが染《し》み渡《わた》る。

「マシロくんとカレンくんも来ているんだったね。できればもう一度しっかりと顔を合わせておきたかったが……」

「ご予定が入っているのですか？」

「ああ、すぐにまた出なければならない。だから、話しておくべき事はここで全て済ませる」

「そうですか。残念です」

「……やはり今からでもキャンセルするとしようか」

「父上。国を守る大切な仕事を放り出さないでください」

親馬鹿が出そうになった父上を思いとどまらせて、さっそく本題を切り出した。

「それで……【雷撃のフローネ】の所在は摑《つか》めましたか？」

「いや、ダメだった。レイナが教えてくれた候補地は全てがもぬけの殻だった。すまないな、レイナ。せっかくの情報を無駄にしてしまって」

「いいえ、お義父《とう》さま。私がオウガ君のもとに渡った時点で、ある程度は予想できたことですから」

「となると、フローネを支援していた貴族たちの方はどうでしたか？」

「私が話しておきたかったのもそちらだ。レイナの言った通り……フローネと取り引きしていた貴族のほとんどがフローネに関する記憶を失っていた」

「やはりそうでしたか……」

大量の人間が同時に特定の人物についての記憶を失う。

そんなことは魔法があるこの世界でもあり得ない事象だった。

どの文献を読みあさっても、人の精神領域に干渉する魔法は存在しなかったからだ。

……それは俺たちが知りうる属性の中では、という話だが。

「……ということは、やはり」

にわかには信じられないが、と父上はゆっくりうなずく。

「フローネ・ミルフォンティは闇属性魔法を使用している。奴《やつ》もまた複数魔法適性保持者《デュアル・マジックキャスター》だったというわけだ」

禁忌とされて世界から存在を抹消された——闇属性魔法。

人間の根幹とされる魂の領分に触れ、人々の尊厳を脅《おびや》かすために全世界で伝承させることを禁止された唯一の属性だという。

俺もまだ父上に聞かされたこれくらいの情報しか知らない。

幼少期から昼夜問わず、ずっと魔法に関する文献を読みあさっていた俺でさえだ。

「これはレイナの情報がなければ我々も知るよしもなかった。討伐に向かっても、何もできずに壊滅させられていたかもしれない。本当に情報提供を心から感謝する」

フローネが見たことのない魔法を使用して、人々を洗脳していた場面をレイナが見たことがあったからこそ判明した事実だった。

レイナの証言。現実に起きている不可解な謎。

それらからフローネは闇属性魔法を使用していると、国は判断を下した。

「しかし、これでフローネがマシロを狙っていたのにも納得がいく」

奴《やつ》はずっと探していたのだ。

自身の魔力に耐えられる。かつ複数の魔法適性を持つ若い肉体《うつわ》を。

だが、それはそれとして新たな疑問も生まれてくる。

どうして奴《やつ》は入学したてのマシロを呼び出し、闇属性魔法を使わなかったのか。

仮に俺がフローネの立場だったら、どんどん闇属性魔法を使って世界最強のハーレム王国を作り上げていた自信がある。

しかし、そうはならなかった。使うにも何か条件があるのかもしれない。

……ちっ、もどかしいな。手元にある情報が少なすぎる。

「……父上。どうにかして闇属性魔法について知ることはできないのでしょうか」

「フッ、我が息子ならばそう言うと思っていた」

父上はニヒルに笑って、一枚の紙をテーブルの上に置いた。

そこには地下魔導禁書庫の閲覧権限の付与についてと記されている。

さらにその下には俺とレイナの名前が連なっていた。

「地下魔導禁書庫……？」

「私も聞いた覚えがありませんね」

「ハッハッハ。それはそうさ。この存在は国王が信用した一握りの人間しか知らない。それこそ四大公爵家であったとしても。どうしてか理由がわかるか？」

「……闇属性魔法についても資料が保管されているから」

俺の回答に父上は満足げにうなずく。

「……ま、待ってください！ 閲覧権限の付与というのは……」

「ああ、国王様からの褒美《ほうび》だ。お前が魔法の研究について熱心だと聞いた後、権限の付与を認めてくださった」

——絶対にそれだけじゃない！　……と叫べたならば、どんなに楽だったか。

俺は急な事態に驚いているリアクションをとりながら、焦《あせ》りまくっていた。

どうしてそうなる⁉

国王様は俺VS.フローネの構図を作り上げようとしている。この時期にこの褒賞《ほうしょう》……意図を感じずにはいられない。

そもそも俺はまだ学生の身分で、実力もアリスにも満たないんだぞ？

そのアリスが倒せなかったフローネを相手にできるわけがないだろう……！

「すでに称号に関しては辞退しているんだ。国王様の面子《メンツ》を立てるためにも素直に受け取っておくといい」

俺が悩んでいると勘違いした父上が補足説明をしてくれる。

最初から逃げ場なんて用意されていなかったんじゃないか……。

先日、俺は正式に称号の授与を辞退する旨《むね》を父上から伝えてもらっていた。

理由は言うまでもない。俺の求める自由にそんな肩書きは必要ないからである。

「しかし、オウガ。国王様はお前に期待している。オウガ・ヴェレットこそが【雷撃のフローネ】を討ち、世界を救う【聖者】になることを」

ほら、やっぱり。国王様は俺をフローネにぶつけようとしている。

だいたい【聖者】ってなに⁉

そんな称号で呼ばれるようになったら、ムフフなことも簡単にできなくなるじゃん！

国で問題が起きれば即座に解決に向かわないといけなくなるし、束縛されて自由な時間が圧倒的に少なくなる。

俺がこれまで何のために魔法を！　武力を磨いてきたと思っているんだ！

全ては自分の好きなことやりたい放題な快適領主生活を送るため。

その描いていた理想がボロボロと崩れ落ちていく。

「国王様からそんなに信頼を寄せられているなんて……さすがはオウガ君ですね。私の自慢の家族です」

「クックック……そう褒めるな、レイナ」

レイナに頭を撫《な》でられながら、とりあえず態度だけは取り繕う。

落ち着け、落ち着け、オウガ・ヴェレット。

今こそ天才的な頭脳を活用するときだ。

ピンチはチャンス。こういうときこそ逆転の発想をするんだ。

……そうだ。国王様は俺がフローネと戦うために知識として闇属性魔法について学ばせようとしているんだから、その状況を利用してやればよい。

闇属性魔法をしっかりと学び、今度は俺が闇属性魔法を使う側に回るのだ。

そうすれば多くの人類を洗脳し、ハーレムも増やし放題……！　労働力としても使いたい放題じゃないか！

確かに俺には魔法適性がない。しかし、闇属性魔法に適性がないかどうかはまだわからないのだ。

なにせ存在自体が秘匿されている属性の魔法。そもそも適性を調べることすらないだろうからな。

万が一、億が一の可能性に賭けて試すまでは諦められない。

クックック……楽しくなってきたじゃないか。

……決して現実逃避じゃない。逃避じゃないんだ……!!

「わかりました。国王様のご期待に応えられるよう精進いたします」

「ハッハッハ。国王様も喜ばれるだろう。私も自慢の息子が栄えある立場に選ばれて鼻が高いぞ」

上機嫌な父上はポンポンと俺の肩を叩《たた》いた。

「後日、禁書庫の場所については私から直々に説明する。まだ戦いの疲れも完全には癒えていないだろう。しばらくの間は羽を伸ばしておきなさい」

「お言葉に甘えさせていただきます」

「レイナも何か困ったことがあればすぐに私に言うように。遠慮はいらないぞ」

「ご心配ありがとうございます。ですが、大丈夫です。私はオウガ君と一緒にいられるならば、それで十分ですので」

「ハッハッハ！ そうかそうか！ ……これは孫が見られるのもすぐかもしれんな」

父上が何かぼそっと呟《つぶや》いたのを聞き取れなかったが、レイナも拾っていないし特に大切なことでもないだろう。

「オウガお坊ちゃま。レイナお嬢様。ご夕食の支度ができました。食堂へとお越しください」

「ちょうどいい時間だ。さぁ、二人はたくさん食べてきなさい。私はすぐに出立する」

そう言って、父上は立ち上がるとコートを羽織った。

どうやら話し合いはここで終わりのようだ。

俺たちも立ち去ろうとすると、「オウガ」と呼び止められる。

「私はまたしばらくレイナの情報提供にあった貴族を当たっていく。これで最後だから、調査が終わり次第、フローネに対する対策を練ろう。ヴェレット家は総出でお前の後押しをするつもりだぞ、オウガ」

そう告げる表情は現当主であるゴードン・ヴェレットではなく、オウガ・ヴェレットの父のもので……。

その事実が少しだけ俺は嬉《うれ》しかった。

◇◇◇◇◇

それからというもの。俺たちはここ数日仕事づくしで溜《た》まっていた鬱憤を晴らすかのように遊んでいた。

学生の本分は勉学だが、たまには息抜きをしなければ精神的にも辛《つら》くなる。

特に国王が俺を強制的に巻き込もうとしている以上、今後は血生臭い場面に遭遇する機会も増えてくるだろう。

わざわざ余暇までびっしりと追い込んでは先に参ってしまう。

そんな意図もあって今日はプライベートビーチに行きたいという彼女たちの希望を叶《かな》えて、やってきたわけである。

「………………」

「……俺の腹がどうかしたか、カレン」

「えっ、あっ、いや……そのね！　オウガの体ってすごいな〜って思って」

「それはもう十全に鍛えてあるからな」

そういえばカレンは俺の肉体を直接見るのは初めてだったか。

「さ、触ってもいい？」

「遠慮せずに楽しんだらいい」

「う、うん……」

カレンは顔を髪色に負けないくらい赤くしながら、まず俺の腕を掴《つか》んだ。

「お、お～。すごく太い……」

「……」

「わっ、カチカチだぁ。両手に収まりきらないよぉ」

「…………」

なんというか表情と台詞《せりふ》のせいでいかがわしいことをされている気分になってきた。

水で濡《ぬ》れた髪が頬にひたりと張り付いているのが妙になまめかしい。

もちろんこんなところで欲望を解放すれば嫌悪《けんお》されるのは間違いなしなので、絶対にそんなことはしないが。

「胸板も厚い……たくましいね」

そう言って、カレンはそっと胸元に顔を当てる。

水でひんやりとしているせいで、余計にカレンの体温の温かさを感じる。

彼女と服を挟まずに直接触れあっているのだと意識して、恥ずかしさが少々こみ上げてきた。

……だが、嫌な感情じゃない。

そのまま二人で無言の時間を過ごしていると、静寂を打ち破るように後方からマシロたちの騒ぐ声が聞こえる。

「わっ！　アリスさんもカチカチ！　流石《さすが》だな～」

「押しても指が跳ね返されます……」

「フフッ。オウガ様の剣として、なまくらになるわけにはいきませんので」

見やればマシロとレイナが指でツンツンとアリスのシックスパックを堪能《たんのう》している。

……あの肉体を見てしまえば、世間の一般男性は自信をなくしてしまうのではないか。

それくらいに鍛え上げられているのが一目でわかった。

「カチカチ、カチカチ」

レイナが再びアリスのお腹《なか》をつつく。

三度、突撃するのかと思えば今度は方向転換し、隣にいる食いしん坊な子のもとへ。

「……ぽよよ～ん」

「レイナさん⁉　怒りますよ⁉」

「あははっ、ごめんなさ～い」

赤鬼となったマシロは逃げるレイナを追いかけ回し始める。

だが、悲しいかな。マシロの運動神経では一生レイナに追いつくことはできないだろう。

レイナは肉体強化を施されているので万が一にも可能性はない。

まぁ、良《い》い運動になるだろう……と眺めていると、今度はカレンがアリスの腹筋を堪能《たんのう》していた。

「う～ん……」

「いかがなさいましたか？」

「オウガの腹筋とどっちが硬いかと思ったんですが……よくわかりませんでした」

そう言って肩をすくめるカレン。

なるほど。確かにそれは検証した記憶がない。

アリスは特訓するたびに俺の肉体を隅々までチェックするが、俺が彼女の体に触れる機会はほとんどないからな。

……少し俺も気になってきた。

「アリス。俺も触っていいか？」

「オ、オウガ様もですか⁉　そ、そんな大層なものではございませんが……お望みでしたら……どうぞ」

珍しく動揺をみせたアリスだったが、ほんの一瞬で心の揺らぎを収めて腹筋を差し出した。

許可も出たので、そっと彼女のお腹《なか》へ触れる。

おぉ……見事な硬さ……。

つまめるところが一カ所もない。

まるで巨大な城壁を押しているかのような重厚感だ。

反対の手で自分の腹筋を押してみるが、ここまでの強固さは感じられない。

俺はまだまだ精進が足りないらしい。

彼女レベルに至るまではもっともっと肉体をいじめ抜く必要があるようだ。

つまり、まだまだ魔法関連だけでなく、肉体面でも強くなれる可能性が広がっているわけだ。

それが知れただけでもアリスの腹筋に触れてよかっただろう。

……いや、訂正しよう。

あのアリスが頬を朱に染める瞬間を目に焼き付けることができた。

これがいちばんの収穫だな。

「オウガ様……そろそろよろしいでしょうか？」

「ああ、ありがとう。おかげでいろいろとわかったよ」

「いえ、オウガ様のお役に立てたなら何よりです。……では、私は少しばかり泳いでまいります!!」

「えっ」

「ア、アリスさん!?」

「うあああああっ！」

ダッシュで砂浜を駆けたアリスは信じられない脚力で十数メートルの飛び込みを行うと、そのまま着水して泳ぎ始めた。

その勢いはとてつもなく、大量の水しぶきをあげて姿は遠ざかっていく。

やがてアリスの叫び声も聞こえなくなった。

「……だ、大丈夫かな？」

「……アリスなら心配いらないだろう。それよりも……」

後ろを振り返れば地面に突っ伏すマシロと彼女のプニプニなお腹《なか》をツンツンしているレイナ。

途中からマシロの声が聞こえなくなったのでもしかして……と思っていたが、案の定走り回ってダウンしたみたいだ。

生まれたての子鹿のようにプルプルと震えている。

「……とりあえずパラソルの下まで運ぼうか」

「あはは……そうだね」

俺たちは苦笑いを浮べながら、マシロの救護へと赴く。

「マシロ。日陰でゆっくりしておけ」

「……オ、オウガくん……ありがとう……」

「いいから。抱き上げるぞ」

ヒョイとお姫様抱っこをして、日陰になっているパラソルのもとまで。

「ほら。こんなに軽いんだから、あんまり気にしすぎるな」

「……でも、この間ちょっと……ほ～んのちょっとだけ体重が増えちゃって……」

「成長分だろう。体が大きくなって、その分増えただけさ」

主に成長したのは身長じゃなくて、豊満なおっぱいだろうけど……。

マシロの場合はここに蓄えられてしまうので、激しめの運動をしないと体重が落ちることはないと思う。

「うぅ……そうかなぁ？」

「なら、しばらくお菓子は我慢するか？」

俺としてはおっぱいが大きくなるのは喜ばしいことだが、マシロ本人が嫌がるなら致し方ない。

ダイエットしたいなら協力しよう。

そう思って尋ねてみたのだが……。

「……長期休校中は諦めます」

結果として、彼女はぷにぷにボディを受け入れた。

以前に俺とアリスとのアーリーワークに付き添ったとき、息も絶え絶えだったからな。

本格的に運動するのにもきちんと気合いを入れる時間が欲しいのだろう。

それに長期休校中も勉強はある。甘いものなしの生活はうら若き乙女の彼女にはキツいはずだ。

「オウガくん……豚さんになってもボクを嫌いにならないでね？」

「クックック、そのときはみっちりしごいてやるから安心しろ」

「……どんな風に？」

「そうだな……。二十四時間、俺の監視態勢のもとで健康体になるまで生活してもらおうか」

「…………ふ～ん」

なぜか腕の中で考え事を始めたマシロを、カレンが敷いてくれたレジャーシートの上に寝かせる。

俺も腰を下ろすとスッとカレンが隣に寄った。

そして、俺の二の腕をツンツンとつついて一言。

「……いいなぁ、マシロさん。私は婚約者なんだけどなぁ……？」

「…………」

幼馴染《おさななじ》みの可愛《かわい》いお願いを聞いた俺はスッとカレンの背中と太ももに手を回すと、そのまま立ち上がった。

カレンは身長が女子としては高いが、それでも日頃から鍛えている俺からすれば全然軽い範囲だ。

やきもちを焼いた彼女の不満を解消させるためパラソルから出て、歩き始める。

「そうだな。カレンは婚約者だと周知するために、このまま領内を回るのも良《い》いかもしれない」

「えぇっ⁉ そ、それは恥ずかしいな！ 私、こんな格好だし……！」

わたわたと自分の胸元と下腹部を隠すように腕を伸ばすカレン。

そのポーズのせいで余計に扇情的になっているのは言わないであげよう。

「安心しろ。この姿は他の誰にも見せるつもりはない。俺が独占する」

「……そっか。それなら安心、かな？」

エへへ……と照れくさそうに頬をかくカレン。

「覚えておくといい。俺は意外と嫉妬深いんだ」

「じゃあ、私もオウガ以外に見せるつもりはないから……安心できるね？」

「クックック。いい心がけだな」

「婚約者だもん。それに……オウガになら、どんな格好でも見せてあげたいなって思っているよ？」

そう言って、カレンは人差し指で水着の肩紐《かたひも》を二の腕までずらす。

肩から外れてたるんだせいで胸元を隠す布まで少しだけ動いた。

「……オウガは見たい？」

見たい！ と心の声は叫んでいる。

まさかカレンの方からチャンスを振ってくれるとは……！ やはり暑さは人を大胆にさせる
……！

だが、ここでがっつくのは二流のやり方だ。スマートではない。

あくまで落ち着いて、平静を装《よそお》って本番につなげるんだ。

……心は整った。いくぞ――

「ちなみに、私も誰にも見せるつもりはありませんから安心してくださいね、オウガ君」

「――っ！」

「ひゃっ⁉　レ、レイナさん⁉」

「……レイナ。背後からいきなり声をかけるのはやめろ」

カレンが大きくリアクションしてくれたおかげで、思わず声を上げそうになったのを堪えられた。

レイナ……！　今のムードを打ち消した罪は重いぞ……！

抗議の視線を送ると、からかいが成功したレイナは意にも介さずクスクスと笑う。

「すみません。あまりにお二人の世界に入っていたものですから、つい」

「ふ、二人の世界だなんてそんな……あはは」

慌てて肩紐《かたひも》を元の位置に戻すカレン。

それはさっきまでの話は終了というのを表していた。

あぁ……バイバイ。俺のパーリナイ……。

チャンスを逃したことに内心がっくりきていると、レイナがさきほどのカレンのように背中をつく。

「ところで、オウガ君」

「……なんだ？」

「オウガ君の独占を崩そうとしている人たちがあそこに」

「なに？」

ここはヴェレット家が所有しているプライベートビーチ。

領民が使用できるスペースは別の場所にある。

看板も立てており、誰も入らないように注意書きがあったはずだが……。

「やっぱりこっちにして正解だっただろ⁉ 誰もいなくて、めっちゃ空いてるわ！」

「だな！ お貴族様なんてそうそういないって！」

レイナが指さす先にはいかにもという風貌をしたチンピラが二人いた。

大柄なスキンヘッド野郎と細身の全身タトゥー男……。

ここまでわかりやすくぴったりな輩《やから》はそうそういないだろうなと思わせるくらいだ。

そして、こちらが向こうに気づいたように、あちらも俺たちに気がついた。

「見てみろよ、上玉が三人もいるぞ」

「……おい、待て。ここにいるってことはお貴族様じゃねぇのか？」

「そんなこと気にすんなよ。貴族だとしても男はガキ一人だぜ？ ボコっちまえば終わりだろ」

「……それもそうだな、ヒヒッ」

……たまにこういう勘違いをした輩《やから》が湧くんだよな。

父上が悪徳領主として有名だから、その領地内なら犯罪をしてもいいと思っている奴《やつ》が。

そういう事件を未然に防ぐために父上は自警団を領地中に解き放っている。

つながりのある貴族には領民がしっかり働いているか監視するためと言っているが、実際は

こいつらみたいなバカから領民を護《まも》るためだ。

だが、ここは普段は誰も使用していないプライベートビーチ。

自警団の監視もいきとどかなかったのだろう。

「なら、俺が代わりに役目を果たすとするか」

アリスが遠泳をしていてよかったと思う。

彼女がここにいたら奴《やつ》らはもっと酷《ひど》い目に遭ったと思うから。

……いや、そうとも限らないか。

俺の楽園に侵入し、楽しい時間の邪魔をした。さらには俺の女に下卑た視線を送る始末。

何より奴《やつ》らの脳内で繰り広げられているであろう気持ちの悪い妄想。それだけで有罪だ。

今後、このようなことが起きないためにも犠牲は必要だろう。

「……オウガ？　大丈夫？」

「心配いらない。カレンは俺があんな奴《やつ》らに負けると思うか？」

そう尋ねると、彼女はブンブンと大きく首を左右に振った。

「それで十分だ。三人は気にせず、のんびりしてたらいいから」

そっとカレンを下ろして、俺は奴《やつ》らに向かって歩き始める。

「へぇ……ずいぶんと威勢のいいガキじゃねぇか」

「怖がらずに俺たちの前に来れたことは褒めてやるよ」

「女の前で格好つけたかったのかなぁ？　まぁ、あれだけのいい女だと、そうもしたくな……」

「――誰が見ていいと許可を出した？」

腕を伸ばして俺の背後にいるマシロたちを覗《のぞ》き込《こ》もうとするスキンヘッドの視線を遮る。

「あぁ？　なんだ？　貴族なら俺たちが手を出さねぇと思ってんのか？」

「まぁ、そう言うなよ、相棒。女を護《まも》ろうとする健気《けなげ》な姿勢に一度だけチャンスをやろうじゃねぇか」

ヒッヒッヒと笑うタトゥー男は尻ポケットに手を突っ込んだと思えば、鞘《さや》のついたナイフを取り出してこちらに見せる。

「ここで謝ったならお前の命だけは助けてやるよ。貴族なら女なんていくらでも手に入るんだろ？『ごめんなさい』して情けなく逃げ出しなぁ？　じゃないと……」

スッと鞘《さや》から抜かれるナイフ。

キラリと光る刀身に俺の姿が反射する。

「こいつで痛い目に遭うことになるぜ？」

「……お前の言葉には一つ訂正することがある」

「あぁ？」

「彼女たちは俺にとって、この世界に替えのない命よりも大切な存在だ。お前らのくだらない物差しで測るのはやめろ」

「……あぁ、そうかい。だったらよぉ……」

「そして、俺の返事だが――『ごめんなさい』すれば半殺しで許してやるよ」

「てめぇの命を先にもらってやらぁ！」

タトゥー男は大声を上げながらナイフを突き出す。

避けるのは造作もないことだ。だが、こいつらの心をへし折ってから、絶望を与えることとしよう。

【限界超越《ギア・チェンジ》】を発動した俺は動く素振りすら見せず、ナイフが体に届くまで待つ。

「怖くて動けなくなったかぁ⁉ 死ねや！」

心臓を一突き……俺の死を確信したタトゥー男はニヤリと笑うが、すぐにその笑みは消え去ることになる。

パキンと軽い音を立てて、ナイフが根元から折れたからだ。

「……はっ⁉　えっ……なぁっ⁉」

「……どうした？　俺を殺すんじゃなかったのか？」

俺は折れた刀身を拾って、動揺を隠せない男に握らせる。

「ほら、もう一回ちゃんと狙ってやってみろ」

「あ……あぁ……うぁぁぁぁ‼」

やけになった男がもう一度ナイフを突き立てようとするが、それは俺に傷をつけることもなく刀身が欠けた。

鉄の刃が人体に負ける。

二度目の摩訶不思議《まかふしぎ》な現象にタトゥー男の顔色はどんどん青ざめていく。

もう血色は消え去り、白色にまで突入しそうだ。

「ど、どけ！　次は俺の番だ！」

半ば無理やり己を奮い立たせているスキンヘッドが巨軀《きょく》を生かして、俺へと拳を振り下ろす。

……が、その衝撃は全て奴《やつ》に返ってくる。

今の俺の肉体は鋼よりも硬くなっている。

それを全力で殴ってしまえば反動はいかがなものか。

「ぐぁぁっ⁉　て、手がぁ⁉」

砕けた指の骨が皮膚を突き破る。

その痛みにスキンヘッドはうずくまった。

「どうした、力自慢。お前にももう一回チャンスをくれてやろうか？」

「ひ、ひぃっ⁉」

俺への恐怖が勝ったのか、尻餅をついたスキンヘッドは手の痛みも忘れて這《は》いつくばって逃げようとする。

当然、逃がすわけがない。

タトゥー男とスキンヘッド野郎、両方の頭を掴《つか》んで、砂上へと叩《たた》きつけた。

ポロポロと歯がこぼれ、赤い血がポタポタと垂れている。

「ず、ずびませんでした！」

「ゆ、ゆるじてください……！」

「……自分の行動には責任を持て。俺を殺そうとして、自分たちは助けてほしいなんて都合がいいと思わないか？」

「「ひぃっ……⁉」」

完全に戦意を喪失した二人は顔を引きつらせている。

……とはいえ、確かにやりすぎてしまってはマシロたちにショッキングな思いをさせてしまうかもしれない。

それに弱者を必要以上にいたぶるのは一流の悪役がすべきことじゃないからな。

さて、あとはこいつらを自警団にでも引き渡すか……と考えていると、どこからか制止の声が聞こえてきた。

「両者、そこまで！」

白の制服に身を包んだ男が俺を指さしている。

あの胸元のバッジの形は……自警団か。こいつらが騒ぎすぎて、近くを通りかかった領民が呼びに行ったのかもしれない。

「親分、通報に間違いありません！ ここです！」

そして、親分と呼ばれた紫髪の男が現れた。

奴《やつ》は頭を下げる二人と俺を見やると、すぐさまこちらへと駆け寄ってきた。

……待て。どうしてお前がここにいる？

見知った顔の登場に驚いていると、奴《やつ》は俺の前で急ブレーキをかけて片膝をついた。

「お久しぶりです、オウガの兄貴!!」

「……ああ、久しいな、アリバン。元気にしていたか？」

いないはずの存在に驚きつつも、ねぎらいの言葉をかける。

アリバン。以前ミオの一件でボコった結果、俺の部下として働きたいと申し出た男だ。

世界各地の悪ガキをしつけ、将来的な地下闘技場の再建のための人材を集めるように指示を出していたはずなんだが……。

「はい！　兄貴の言いつけ通り、悪党共を捕らえていました！」

「そうか、そうか。順調そうで何よりだ」

「ありがとうございます！　ちゃんと更生させて、今は俺と同じく自警団で働かせています！」

「……自警団で？」

「ご縁がありまして、兄貴の父君であるゴードン様に雇っていただいています！」

そんなの聞いていないぞ、父上……！

というか、待て。更生させたら、絶対もう地下闘技場でなんて働かないじゃないか！

それにヴェレット家が雇っているなら賃金も申し分ないだろうし！

し、知らないうちに俺の考えた儲《もう》け話《ばなし》が潰れていた……。

突然、舞い込んできた恐ろしい事実にショックを隠せない。

「そういうわけでして、少しお仕事をさせていただきます。本来ならば詳しく話を聞くところなのですが……なぁ、お前ら」

「「……っ！」」

俺とアリバンがやりとりをしている間に少しずつ距離をとっていた二人の肩がびくつく。

残念だが、この自警団はがっつりこっちに肩入れしている。

お前たちの訴えは聞き入れられないだろう。

「いったい誰に手を出そうしたか、わかっているのか？」

「……そ、それは……」

「……言えないか。なら、教えてやろう。心に刻んで二度と忘れるな」

……なんだろう。なにか嫌な予感がする。

アリバンはバッと自警団の制服を脱ぐと、その内ポケットに両腕をクロスさせるように突っ込む。

そして、宙へと放り投げたのは——桃色の花の形を摸《も》した紙吹雪。

「世界の悪を【救裁《きゅうさい》】し！　生きる道しるべを与えてくれる【救世主】！　オウガ・ヴェレット様だ!!」

……お前もか……！　アリスがいないと安心していたらお前もか、アリバン……！

ファサファサと舞い散る紙吹雪がタトゥー男とスキンヘッドに降り積もる。

奴《やつ》らは呆気《あっけ》にとられた顔をして、ポカンと口を開いていた。

……恥ずかしくて死にたい……！　そら忘れないだろうよ！　いきなりこんなインパクトの強い場面を見せられたらな！

あぁ……せっかくさっきまで順調だったのに、全てがおじゃんになった……！

「……お前たちが犯した罪は重罪だ。だが！　兄貴なら【救裁《きゅうさい》】してくださるだろう……ですよね、オウガの兄貴！」

「「オ、オウガの兄貴……!!」」

わらにもすがりつくような目で俺を見つめてくるチンピラ二人と何も疑っていない純粋なまなざしを向ける男が一人。

すっかり気がそがれてしまった俺は「アリバンの好きにしろ」と伝える。

「流石《さすが》です、オウガの兄貴……！　その器の広さ……感服いたしました！」

「……罪は必ず償わせろ。そこに甘さはいらないからな」

「もちろんです！　きちんと裁きを与えてこその【救裁《きゅうさい》】ですから！　お～い、こいつらを連れていってくれ！」

待機していた部下にチンピラ二人を渡すアリバン。

奴《やつ》も仕事を終えて、去ろうとするがその前に一つだけ聞きたいことがあった。

「……さっきの【救裁《きゅうさい》】とか【救世主】だとかの文句はお前が考えたのか？」

「あぁ、あれならシスター・ミオが！　兄貴もご存じの彼女が考案してくれたんです！」

あいつも関わってるのかよ！　そうか、そうだよな……うちの領地にいるんだもんな、あのシスターも。

しかし、まさか被害者と加害者である二人がこんな仲になっているとは……。

頭を悩ませる種がまた一つ生まれた。

「オウガく～ん！」

チンピラもいなくなり、マシロたちがこちらに駆け寄ってくる。

「オウガくん、ありがとう！　大丈夫⁉　傷とかないよね⁉」

「オウガなら問題ないと思うけど、一応確認させてほしい」

マシロとカレンが身体《からだ》に異常がないかペタペタと触って確認する。

【限界超越《ギア・チェンジ》】の存在を知っているとはいえ、流石《さすが》にナイフを刺されそうになったら心配もするか。

「……無事に終わったみたいですね？」

レイナが疑問形なのは、俺のメンタルは無事じゃないことを察しているからだろう。

「ああ。悪かったな、三人とも。不快な思いをさせてしまって」

「そんなことないよ！　ボク、すっごく嬉《うれ》しかったもん！　オウガくんに大切にされているんだ～って思えて……幸せだなって」

そう言ってマシロはぎゅっと抱きついてくる。

「はい、幸せのお裾分け～。あと、ボクの想《おも》いも届け～」

「……そうだね。私たちにとってもオウガは世界でただ一人の大切な人なんだから」

「なら、今度は私も交ざっちゃいましょうか。ぎゅ～っ」

三人とも俺を包み込むように抱きしめる。

おかげで身動きがとれない……けど、確かに幸せな気持ちになっている。

彼女たちも俺と同じように想《おも》ってくれているんだとわかったから。

このぬくもりを手放さないようにしなければいけないと、より一層強く思った。

……おい、なんだ、アリバンその目は。親が子供たちの微笑《ほほえ》ましい光景に向けるような視線を送るんじゃない。

「それじゃあ、自分もそろそろ警備に戻りますので、あとは四人でお楽しみ——下がってください！」

俺から追及される前に逃げようとしたアリバンは血相を変えて、俺たちの前に出る。

彼の視線の先——そこには大きな水しぶきをあげて、こちらに近づいてくるなにかがいた。

……海面から浮き出ている背びれからして、かなり大きな魚みたいだ。

なんだ、あれは新種か？

目をこらして、水しぶきをあげて迫りくる奴《やつ》の正体を見る。

瞳が捉えたのは決して魚などではなく——

「オ！　ウ！　ガ！　さ！　ま！　オ！　ウ！　ガ！　さ！　ま！」

——巨大魚を背負いながら泳いでいるアリスだった。

独特な息継ぎの仕方でアリスが帰ってきていた。

見知った顔に安心した俺たちは気を抜く。

あっという間に彼女は上陸し、キョロキョロと視線をさまよわせる。

「ぜぇ……ぜぇ……オウガ様……！　なにやら危険を察知して、急いで戻って参りました……！」

どんなセンサーしてるんだよ、こえぇよ。

「……それなら問題ない。もう片付いた」

「よぉ、クリ……アリス。一足遅かったなぁ？」

「アリバン⁉　なぜ、貴様がここに……！」

「……あ～、アリス？　アリバンは俺たちに喧嘩《けんか》をふっかけてきたチンピラを捕まえに来たんだ。お前が想像しているようなことはないから心配しなくていい」

「チンピラ……捕まえ……？」

アリバンは得意げに自警団だと証明する胸元のバッジを叩《たた》く。

何が起きていたのか察知したアリスは数度、俺とアリバンへと目を行き来させ――

「……大変申し訳ございませんでしたぁ！」

――砂にまみれることもいとわず、その場で俺に対して土下座した。

◇　◇　◇　◇

アリスが獲《と》ってきた魚が食用可能だったので、シェフが存分に活用して振る舞ってくれた料理に舌鼓《したつづみ》を打った後、俺は自室へと戻っていた。

マシロたちは今日は女子会の日らしく、当然俺は参加できない。

なので、こうして久しぶりに自分の部屋でゆっくりしている。

だけど、一人じゃない。

プライベートビーチの一件からずっとそわそわしているアリスと一緒に、だ。

「オウガ様。さきほどは痴態を晒《さら》してしまい誠に申し訳ございませんでした」

「気にしていないと言っているだろう？　アリスのおかげで美味《おい》しい晩ご飯にもありつけた。

それでいいじゃないか」

「しかし……」

アリスの俺に対する忠誠心はとてつもなく強い。

それ故に自分の役目を放棄してしまったことを許しがたい失敗だと思っているのだろう。

……ふむ、確かに今日のアリスの様子は変だった。

思えば入学前はこの屋敷《やしき》で二人で過ごしていた時間が長かったが、最近は人間関係が広がった分、ゆっくり彼女との時間をとることもできなかったな。

不慣れなメイド業を習得するのに必死だった不器用な頃のアリスが懐《なつ》かしい。

当時と比べれば今の所作は洗練されているのがよくわかる。

それほど彼女は俺のメイドとして努力を積み重ねてくれているのだから、悪に敏感すぎる以外に俺から文句なんてあるわけないんだが……。

頑固なアリスは自分に罰がないというのは納得しないだろう。

……そうだ。良《い》いことを思いついた。

やはりメイドといえば耳かきだろう。

アリスにはそういう奉仕はさせてこなかったから、どういう反応をしてくれるのか楽しみだ。

「では、こうしよう、アリス。今から俺の言うことを一つ聞いてもらおうか」

「かしこまりました。なんでも言いつけてください」

「なんでもと言ったな？」

聞き返すと、ピクリとほんのわずかに肩が跳ねる。

それから頬にほんのりと朱が差す。

「……もちろんでございます。オウガ様の求めるまま、アリスはお応えいたします」

「そうかそうか。なら、抵抗するんじゃないぞ」

「……はい」

俺はズンズンとアリスに近づいて足を払うと、倒れそうになるところに手を差し出して抱き上げる。

「オ、オウガ様⁉　こ、この格好は……！」

「ほう。アリスにも乙女なところもあるんだな。どうだ？　俺のお姫様になった気分は？」

「お姫様なんてとんでもございません！　このような行為は私ではなくリーチェ嬢やレベッツェンカ嬢に……！」

「抵抗しないんじゃなかったのか？」

「それは……」

「ふむ……このまま屋敷《やしき》を一周するのも一興か」

そういった瞬間、ブンブンとアリスが首を振る。

いつもは凛《りん》としている彼女が――時折はっちゃけるが――こうも露骨に動揺していると面白い。

「クックック、冗談だ。悪かったな」

彼女にいつ悪事がバレて首を斬られるかドキドキさせられている分、仕返しができたような気持ちで思わずからかってしまった。

今後も定期的に辱《はずかし》めてやろうと決めた俺は部屋の外ではなく、元々の目的地だったベッドに彼女を座らせる。

「オ、オウガ様……私はいかがすれば……」

「待て。道具を用意するから」

えっと、確か小さい頃にいくつか作っておいた試作品を机の引き出しに入れてあるはず……。

「か、かしこまりました。では、先に準備だけでも……」

「準備は俺がするから構わん。確かここに……っと、あった。よし、アリス――どうした？両手を広げて？」

目的のものを見つけて振り返ると、アリスがなぜか俺に向かって両腕を広げて待機していた。いつもはしっかりと留《と》められている第一ボタンも外れている。

「いえ、初めてのとき女性が男性に恥をかかせないようにリラックスさせるのがいいとメイド長に習いましたので……その落ち着くといえばハグかと……」

「……？」

耳かきするのにそんな風習があると聞いたことはないが……。

だが、モリーナが言うならば間違いはないだろう。

「恥ずかしながら私は経験もなければ、実技の練習も受けられず……。知識のみになりますがご容赦ください」

「誰だって初めはそうだ。これから学んでいけばいい」

たかが、耳かきにずいぶんと大げさな……。

緊張しているのは俺ではなくアリスに見えるが……そういう意味でも緊張をほぐすために要望には応えておくとしよう。

ハグが心をほぐすというのは前世でも聞いたことがある。

そっと腕を差し込んで、かっちりとした腰に回す。

アリスも力強く迎えて、ぎゅっと密着する体。

ビクンと反応するアリス。やけに息も荒い。

このままでは本当に耳かきしている最中に手元が狂ってブスッと鼓膜をイカれるかもしれん。

俺はゆっくり彼女の背中をさすって、呼吸が整うまで待った。

「……どうだ？　落ち着いたか？」

「……はい。覚悟はできました。いつでも構いません」

「そうか。なら、これでしっかり頼む」

「はい、それでは脱ぎ……耳かき？」

アリスは手のひらに渡された耳かき棒を見て、きょとんとしていた。

「ああ、アリスに耳かきしてもらうのが俺からのバツだ」

「……なるほど……なるほどぉ……」

プルプルと耳かき棒を握りしめる手が震えている。

顔もほんの少し赤いのは緊張の名残だろうか。

まったく……仕方ない、メイドだなぁ。ここは一つ、軽いジョークでも挟んでやるか。

「それは俺の手作りだから、緊張して力加減を間違えて折らないでくれよ？」

「もちろんでございます。……ときにオウガ様。大変申し訳ございません。ほんの少しだけお時間をいただけないでしょうか？」

「ん？　それは構わないが……」

「ありがとうございます。それではすぐに帰ってまいりますので……」

アリスはカチンコチンという効果音が似合う足取りで部屋の外へと出る。

「私の痴《し》れ者《もの》ぉぉぉぉぉぉ……！！！」

次の瞬間、なにやら叫び声が聞こえたと思えば、だんだんと遠ざかっていった。

いったいどうしたんだ、あいつ……。

メイドのご乱心にポカンとしながら、待つこと三分。ガチャリとドアが開く。

「お待たせいたしました。それでは僭越《せんえつ》ながらオウガ様のお耳、綺麗《きれい》にさせていただきます」

すっかり元の様子に戻ったアリスはずいぶんとやる気だった。

理由はよくわからないが、彼女の中で何か変化があったのだろう。そういうことにして納得しておくのがいい。

アリスが何事もなかったかのように座ったので、俺はその太ももに頭を預けた。

さすがはアリスだ。よく鍛え上げられているのが伝わってくる太もも。

だが、カチカチと剛の筋肉のみで仕上げられてはいない。それでは可動域も狭まってしまい、結果として速度を失ってしまう。

彼女はスピードを殺さないために柔の筋肉と剛の筋肉をバランスよく備えている。

その証拠としてなんとも絶妙に寝心地のいい膝枕が生まれていた。

下半身は全ての武術、剣術において土台となる。

……ここにアリスの強さの秘密が眠っているわけか。

「オウガ様？ そのようにつつかれると……お気に召しませんでしたか？」

「そうじゃない。よかったから、ついな。悪かった、始めてくれ」

「ゆっくりとしていきますので、もし痛かった場合は教えてください」

「わかった。信頼しているぞ」

「ありがとうございます」

そっと耳かき棒が当てられ、耳の入り口からカリカリと垢《あか》を取り除いていく。

慎重に、怪我《けが》をさせないようにと彼女の気遣いが耳かき棒の動きから伝わってくる。

カリカリ……カリカリ……。コリッ、コリッ……パリ……。

あっ、いま大きいのが取れたな。

的確に垢《あか》をすくってくれるので、どんどん心地よくなっていく。

気が緩んでいき、思わず寝てしまいそうだ。

このままの状態で寝るのはよくないので、何か話でもして眠気をごまかさないと。

「……十分に上手《うま》いじゃないか。謙遜していたのか？」

「……いえ、その……これはきちんと練習をしていたので……」

「フッ、耳かきといい、剣術といいアリスは努力を積み重ねるのが得意というわけか」

「過大な評価です。ただまっすぐに歩むことしか知らない馬鹿な女でございます」

「それこそ謙遜しすぎだろう。その努力ができない人間はごまんといるぞ」

「……オウガ様は本当にお優しい。全ての貴族がオウガ様のような慈悲の心を持っていればよかったのに……と何度も願わずにはいられません」

いや、もし全員が俺と同じ性格をしていたら、もっと酷《ひど》い国になっていたと思うぞ。

なにせ好き放題、やり放題三昧の生活を目指す悪人ばかりになるからな。

領民からは税金を搾りまくって、左うちわの贅沢三昧《ぜいたくざんまい》。

真っ先にアリスの粛清対象になるだろう。

今もこうして上手《うま》く騙《だま》せているから良好な関係だが、俺の真っ黒な作戦が少しでも露見すればアリスはすぐさま剣を振るったはずだ。

「……そういえば今は剣を着けていないんだな」

「さきほど外を回ってきた際に自室へと。今ばかりは不必要かと思いまして」

それもそうか。膝枕をするのにも邪魔だろうし。

「あの剣は聖騎士時代から使っているんだったか」

「……はい。私の宝物でございます」

「ほう。アリスにそこまで言わせるとは、よほどの業物だったりするのか？」

「確かに数多《あまた》の魔物を葬《ほうむ》ってきましたが、決して名剣というわけでは……。ただ……」

「ただ？」

「……大切な人から譲り受けたので、私は元の持ち主である彼女の意思を絶やさないようにあの剣を振るっています」

その優しい声音には様々な思いが込められているのが聞き取れた。

思わず横目にアリスの表情をうかがう。

その瞬間だけ彼女は俺の耳元ではなく、慈《いつく》しむような表情で遠くを見つめていた。

「申し訳ございません。面白くない自語りを聞かせてしまい……」

「俺から振った話題だろう？　他にも聞いたことがなかったな。アリスの聖騎士時代の話は」

「フフッ、今日のオウガ様はずいぶんと饒舌《じょうぜつ》でいらっしゃいます」

「こうしてアリスと二人きりの時間も久しいだろう？　だから、つい盛り上がっているのかもしれん」

「それはそれは……なら、もっとお話ししなければなりませんね」

それからアリスは耳掃除をしながら語ってくれた。

ひとり親の母を早く楽にさせるために給金が高く、学がなくても入れる聖騎士団に入団した新人時代。

ビシバシと上官に鍛えられて、毎日地面に突っ伏す日々を過ごした平隊員時代。

役職を任命されたが、書類仕事は苦手で困った総隊長時代。

ただ一つ、俺が気になったのは。

「……そして、オウガ様に拾っていただき今に至ります。オウガ様に巡り合えたと思うと、運命に感謝しなければなりませんね」

アリスが語った過去の彼女は今と違って正義にこだわるような人間ではなかったことだった。

◆Stage-Sub◆ 最強メイドの過去

「ふぅ……今日はいろいろと疲れた……」

ため息を吐きながら、ボタンを一つずつ外していく。

間違いなく肉体的疲労ではなく、精神的に。

まさか自分があんな勘違いをしてしまうとは……。

て、てっきり夜伽《よとぎ》を求められているのだとばかり……！

一人で舞い上がって、恥を晒《さら》してしまった。

抱きしめられたときは心臓が飛び出るのではないかと思うくらい、心臓がうるさかった。

おそらく過去の命の取り合いでも、あんなに緊張した経験はない。

「一生の不覚……！」

恥ずかしさに脱いだメイド服を投げ捨てようとして、思いとどまる。

これはオウガ様にいただいたオーダーメイドの給仕服《きゅうじふく》。決して雑に扱ってはならない。

しっかりとしわの残らないように畳んでソファの上に置く。

……きっと昔の私ならば床にでも放り投げて寝ていたのだろうな。

「……ずいぶんと変わったものだ」

取り巻く環境も。私の立場も。

聖騎士団総隊長から場末の闘技場の剣士へと落ちて、四大公爵家、それもヴェレット家に仕えるメイドに。しかも名前さえ捨て、年若い主《あるじ》に従っている。

「……あの人も、今の私を見たらきっと驚くだろうな」

私を指さしながら豪快に笑うに違いない。

……聖騎士時代の記憶を掘り起こした。

ただ私の過去を話すだけなら気にはしない。

だが、今日は脳裏にあの人の影がちらついて仕方がなかった。

オウガ様へと向けるのと同じ憧れの感情を持つ人だったからだろうか。

愛剣について尋ねられたからだろうか。

だけど、私は詳しくはオウガ様にはお話ししなかった。

あえて触れなかったのはわかっているからだ。

自分の蓋をしている感情が湧き出てしまうと。

「……リリー総隊長」

私にこの剣を譲った過去の上官の名前を呟《つぶや》く。

……今日は夢にでも出てきそうだ。

そんな確信に近い予感を抱きながら、私は眠りについた。

◇◇◇◇

「ようこそ、クリス・ラグニカ隊員。私はリリーシェーン・スプライド。聖騎士団の総隊長をやらせてもらっている。これからよろしく頼むよ」

「クリス・ラグニカです！　よろしくお願いします、スプライド総隊長！」

「あはは、固い固い。リリーでいいよ。うちの隊員はみんなそう呼ぶからさ」

それが【聖戦乙女】として世界に名を轟《とどろ》かせ、人々から憧れを集めていた彼女と初めてかわした会話だった。

リリーシェーン・スプライドとはロンディズム王国で生活していれば必ず一度は耳にしたことがあると言われるほど有名人だ。

貴族の生まれながら『世界のみんなを笑顔にしたい』という信念のもとに聖騎士団へと入隊し、生まれ持った才能で総隊長まで上り詰めたヒロイン。

また【聖戦乙女】と呼ばれるように容姿にも恵まれていた。

戦場で羽のように舞う銀色の髪。

穢《けが》れ無き純白の肌。

美しく人々の意識を引き寄せる深紅の瞳。

私は特にリリー総隊長の瞳が好きだった。

ときに鋭くなり、ときに柔らかくなる。確固たる自身の意志を持った瞳が。

天は二物を与えずというが、彼女はきっと神に愛された例外なのだろう。

近年はリリー総隊長に憧れて聖騎士団へと入団する新人が数多くいるという。

そして、私自身もそこから漏れない彼女に憧れた人間の一人だった。

憧れの人が誰よりも早い時間から鍛錬を行っているのに、まだまだ未熟な自分がやらないわけにはいかない。

あと、この時間ならリリー総隊長と二人きりで練習する時間が作れる。

多くの使命感と少しの欲望を抱えて、私はよく総隊長と早朝の実戦稽古を行っていた。

太陽が照りつけようが、雪が降り積もろうが関係はない。

今日もまた寒風が肌を痛めつけるが、私たちは向かい合い、剣を打ち合っていた。……のだが、今はものの見事に足下から崩されて、空を見上げていた。

「いやぁ、クリスは筋が良《い》いね。教えたことをすぐに吸収するし、これは将来すぐ抜かれるなあ」

「む、無理ですよ！　私がリリー総隊長を抜くなんて！」

「あははっ。相変わらずクリスはお堅いねぇ。でも、私はお世辞なんて言わない。そうね……じゃあ、こうしよう」

しゃがみ込んだリリー総隊長は私の目の前に自身の愛剣を突き出す。

「もし、クリスが私に勝てたらこの剣をあげよう」

「い、いいんですか⁉」

「何か目標があった方がやる気も出るでしょう。それに私は可愛《かわい》い部下が成長してくれる方が嬉《うれ》しいから。これからも鍛練に励むんだよ」

「は、はい！　精一杯努力します‼」

私は大の字で寝転がったまま、快活に笑うリリー総隊長の激励に大声で返す。

当然、敗者は私で、勝者は総隊長だ。

私が総隊長を追い抜く姿など到底想像できない。

今だって、たった一撃しか総隊長には当てられなかった。

次は二発、総隊長に攻撃を入れてみせる……！

「クリス、昇進おめでとう〜！」

「あ、ありがとうございます……」

「なに？　照れてるの？　可愛《かわ》い〜」

「そ、総隊長！　こぼれます！　そんな急に抱きつかれては飲み物がこぼれますから！」

努力と実績が認められ、分隊長への昇進が発表された日。

リリー総隊長は宴《うたげ》だと言って、私を高級店へと連れていってくださった。

ここは貴族御用達《ごようたし》で有名で、平民出身の私は一人では決して足を踏み入れることができない場所だ。

テーブルに並ぶ料理だって見たことがない品ばかりで……正直、どれから手を着ければよいのかわからない。

「マナーなんて気にしなくていいのよ。今日は無礼講なんだから、食べたいものから食べちゃいなさい。たくさん頼んだからどんどんやってくるから」

「わ、わかりました！」

目の前の料理から私は平らげていく。

緊張から最初はこんなにも食べられるかと思ったが、一口頬張った瞬間にあまりの美味《おい》しさにそんなことは消し飛んだ。一皿、もう一皿と食器を積み重ねていく。

「ふふ……美味《おい》しい？」

「えっ？　あっ……はい……美味《おい》しい、です……」

ニコニコと私を見て笑うリリー総隊長の視線に気がつくと、自分の姿が恥ずかしくなって顔が熱くなる。

憧れの人の前で私はなんてことを……！

「それはよかった。前から気になっていたのよね。クリスって朝も昼も夜もトレーニング、トレーニングで自分から休んだりしなそうだったから」

「それは……その、それくらいしないとリリー総隊長には追いつけないと思ったので……」

「前も言ったでしょ？　クリスはいつか私を抜いていくよ。着実に強くなっている。……だけど、トレーニングだけじゃダメ。たまには他のことにも目を向けてやらないと」

「……そういうものでしょうか？」

「ええ。私の経験上、間違いないわ。一つのことに集中して、視野が狭くなっていく人ほどつまずきやすいの。……だから、クリスはそうならないように気をつけなさい」

「は、はい！　頑張ります！」

「うん、良《い》い返事。これからは部下を持つんだから。トレーニングだけじゃ息が詰まって誰もついてきてくれなくなるわよ」

「うっ……き、気をつけます」

まさに痛いところを突かれて萎縮してしまう。

自分が考えていたスケジュール表はトレーニングでほとんどの日を埋めていたから。

そんな私を慰めるようにポンポンと総隊長は頭を撫《な》でてくれる。

「何かあったら私に相談しに来なさい。遠慮なんてしなくていいから。あなたは私の大切な部下なんだから」

……どうしてリリー総隊長の言葉は、笑顔はこんなにも私の心を温かくしてくれるのだろう。

入隊当時はただの憧れで、決して自分の手が届かないところにいる人なんだと思っていた。

だけど、知れば知るほど大好きになっていく。

リリー総隊長のような人間になりたいと願う気持ちが大きくなっていく。

……やっぱり私が総隊長を追い抜く姿なんて想像できない。

私はあなたの下で、あなたの部下として剣を振るいたいです。

私の姿が映った大好きな総隊長の瞳は、今日も強さと優しさを兼ね備えていた。


そうやって毎日、失敗を繰り返して。たまに目標を達成して、更新して……そんな日々を繰り返して、三年目に突入したある日。

聖騎士団史上、最大の惨劇が起きた。

◆Stage3-2◆ 地下魔導禁書庫

この長期休暇はマシロたちのためにもなる休みだが、俺にとっても非常に助かる休みでもあった。

なぜならば授業がない分、自分の鍛錬に時間をつぎ込むことができるからだ。

遊びが不要とは言わない。精神が疲弊していれば、トレーニングの効率もガクリと落ちる。

だが当然、遊んでばかりでもいいわけではない。

何事もバランスが大切なのだ。スイッチのオン・オフができる者はメキメキと実力を付けていく。

今日もまた俺はアリスと対面し、拳を構えていた。

「「…………」」

すでに睨《にら》み合《あ》いの状態となって数分が経《た》っている。

動きたくても動けない。今の状況を言い表すならば、それが正しいだろう。

ある程度の域に達すると対戦相手の動きを読み、それを潰すことができるらしい。逆につけいる隙を見つけたならば、そこへと鋭い一撃を放つ。

アリスによると経験を積み重ねた脳が思考と共に、攻撃の道筋を描くのだという。

故に俺は彼女を専属メイドにしたときから実戦練習の割合を大きく増やした。

おかげでずいぶんと一方的にいたぶられることは少なくなった。

それでも足下にも及ばないのだが。

「ふぅ……」

そして、これは【限界超越《ギア・チエンジ》】の稼働《かどう》時間を延長させる訓練も兼ねていた。

【限界超越《ギア・チエンジ》】の稼働《かどう》時間は俺の魔力量に依存する。

つまり、長く戦うためにはできる限り消費の効率をよくしなければならない。

戦いながら魔力量の管理も行うのは骨が折れる。

ならば、たとえ意識を失ったとしても出来るように普段から慣らしておけばよいというのが、
俺たちの出した結論。

全身へと流れる血流をイメージする。そこに魔力を織り交ぜて、肉体を強化する。

最小限の魔力で、最大効率を求めて。

集中を切らしてはいけない。

その一瞬が隙となって、彼女の一閃《いっせん》が俺を断ち切る。

「……素晴らしいです、オウガ様。以前よりも読みの精度が格段に増しております」

「アリスがずっと付き合ってくれたおかげだよ」

「いえ、私の手助けなど些細《ささい》なもの。オウガ様が努力をされた結果でございます」

「……そうか、ありがとう」

アリスほどの強者に褒められると流石《さすが》の俺も照れてしまう。

自分の努力を他人に、それも自分が目標としている人物に賞賛されると報われた気持ちになる。

そして、また頑張ろうと明日も鍛練を積む。

「ですので、今日からは私も一つ段階を上げようと思います」

「……っ！」

だからこそ、目の前の圧倒的暴力に屈せずに戦えるのだ。

出来ることをして、対抗してみせろ。

今までの糧《かて》は必ず無駄にはならな──

「……は？」

思わず声が漏れ出てしまうのも仕方ないだろう。

対峙《たいじ》しているにもかかわらず俺は目をこすってしまった。

目の前に剣を構えたアリスが四人もいたから。

「オウガ様。軌道が読めない場合、防御に全集中なさってください」

今までの記号の読み合いが役に立たないと即座に理解した俺は最大出力で全身に魔力を流し

込む。

「参りますーー【残影空々《ざんえいからから》・斬風塵《ざんふうじん》】」

利那、前後左右に飛んだアリスの刃が一斉に体に切りつけられた。


「さすがです、オウガ様。アレを全て受け切るとは……これでオウガ様の命を狩れる者はずいぶんと減ったことでしょう」

「ノックダウンされかけていたら意味がないだろう……」

「そんなことはありません。きちんと意識を保たれていたではありませんか」

実戦練習を終えた俺はアリスに怪我《けが》の手当てをしてもらっていた。

肉体を強化し、切り傷を負うことはないとはいえダメージは確実に体に蓄積していく。

特にアリスの攻撃は受けるだけでも衝撃がとてつもない。

今日は最後の一撃をもろに受けてしまったので、体に青あざができていた。

「少なくとも私は最後の一撃……オウガ様の意識を刈り取るつもりで技を放ちました。どのようにお受けに？」

「……【限界超越《ギア・チエンジ》】の応用さ。全体ではなく一部に限定して魔力を流すことで、より強度を増したんだ」

これまでは鋼のような硬さだったが、それ以上の硬度を得られたと思う。通常時でさえフルパワーの魔力を使えば【超伝導雷魔砲《レールガン》】を防げるのだから、一部に集めれば当然か。

しかし、今のでわかったが一カ所に集中させるのはあまりよくないな。

ズキズキと腕が痛む理由はアリスの攻撃だけじゃない。体全体に流す普段の使い方とは違って、体への負担も大きくなるみたいだ。

その分、少量の魔力でもアリスの攻撃を防げるというメリットもあるが。

「それで両腕だけ【限界超越《ギア・チェンジ》】をかけて、山勘で急所を守ったら当たったんだ。まぐれだろう。再現性がなければ成功とは言わん」

「さすがはオウガ様。いつまでも高い志を忘れぬ素敵な姿勢です」

……アリスは将来良《い》い教育係になると思う。

自分の成果が褒められると、やはり嬉《うれ》しい。

もっと頑張ろうと、努力を続けるモチベーションを与えてくれる。

「じゃあ、今度は俺からの質問だ。……最後の技、どういう仕組みなんだ？」

「【残影空々《ざんえいからから》】ですか？　殺気と人間の恐怖への限界を利用したものです。」

「殺気？」

「はい。正確には殺気を当てて相手に幻覚を見させて正常な思考を奪う技です。人間は自分の命の危機を感じた際に、最悪のイメージを鮮明に描いてしまう。恐怖によって、そのイメージが具現化してしまうのです」

「……つまり、さっき俺が見た景色は」

「オウガ様の描いた最悪のイメージというわけです。実際に攻撃していたのは一人だけ……ちなみにどのような光景が？」

「……アリスが四人同時に攻撃を仕掛けてきた」

「私は五人ほど見せるつもりでした。つまり、一人分だけオウガ様は私の予想を超えて強くなっている。ずいぶんと成長されました」

「その割には本物一人にもあまり勝てていないが」

「オウガ様の剣として私もまだまだ追い抜かれては困りますから」

つまり、さきほどの【残影空々《ざんえいからから》】で俺に向けた殺気は本気ではなかったということだ。

もし彼女が本気で俺を殺すつもりだったなら、きっとアリスは四人どころかもっと増えていたと断言できる。

手加減された殺気に当てられて生まれたイメージだったから四人まで相手できると判断した。

「……世界は広いな」

「オウガ様はその広い世界を手中に収める方だと私は信じております」

「……クックック。嬉《うれ》しいことを言ってくれる。お前には俺がそんな器の男に映ったか、アリス」

「出会ったあの日から、ずっと。……オウガ様が私を信じてくださっているのも、私の振るう剣にこれまでの軌跡を見たからだと考えています」

……確かに。最初こそ実績と置かれている立場から考えて彼女を選んだ。

しかし、それ以降は別だ。直《じか》に見たアリスの実力と、その剣のすごさを身をもって知ったからこそ彼女を信頼している。

「……そういうお前もあの日から一度も疑いを持たずに俺を信じてくれていると思うが？」

「まさしく同じなのです。毎日特訓をするたびにオウガ様の拳の努力の跡を、信念の強さを、そして、込められた想《おも》いを私は心に刻んでいます。だからこそ、オウガ様ならば世界を救えるのだと大きな声で言えるのです」

……その信頼があるからこそ、俺もこんなに辛《つら》い鍛練を頑張れているのかもしれない。

裏切りたくない。

腹の底のどこかで、そんな気持ちがやる気を湧き出させているのだろう。

……滑稽だな。悪に染まったつもりが、人の性根というのはそう簡単に直らないらしい。

「オウガ様が育つ過程をそばで見させていただく。これ以上ない幸せな経験をさせていただいております」

「……ならば、アリス。最後までそばで見届けろ。お前の信じた男がどこまで至るのかを」

「はい、必ずや。約束いたします」

……フッ、彼女の迷いない返事は気持ちがいいな。

「今日の朝食後、レイナと共にフローネについて父上と会議の予定がある。マシロとカレンがさみしい思いをしないように付き添ってやってくれ」

「かしこまりました」

文句の一つも言わず、俺の忠臣は頭《こうべ》を垂れた。

◇◇◇◇

心地のよい痛みを感じながら、朝食をとり終えた俺とレイナは父上の待つ執務室へとやってきていた。

しかし父上はテーブルに置かれた一枚の招待状を睨《にら》みつけ、室内は息の詰まるような空気が充満している。

父上の調査の結果、一人だけ記憶を失っていない貴族がいたのだ。

名前をジューク・アンドラウス侯爵。

アンドラウス家は古くからロンディズム王国を財政面で支えてきた一家だが、最近はきな臭い噂《うわさ》もよく飛び交っていた。

公爵ではないものの、その権力は四大公爵家に匹敵すると言われており、実際に父上が内偵している王国の膿《うみ》の中心的存在だ。

アンドラウス家と四大公爵家の差も過去の大戦において戦果を残せたか否《いな》かの差で、現在の主な財政面での貢献度でいえば十分に比肩《ひけん》する。

そんな古株のアンドラウス家の現当主であるジュークだけがしっかりとフローネの記憶を保っていた。

なによりも向こう側から父上を通じて、俺への接触を図ってきたのだからこれはもう間違いないだろう。

「……罠《わな》、でしょうね。俺たちが首を突っ込むのを口を開けて待っている」

なにやら一週間後に彼が主催のパーティーを開くらしく、俺にもぜひ参加してほしいとのこと。

まず俺には魔法適性ゼロの噂《うわさ》があるので、パーティーに誘われた過去がない。

公爵家の子息とはいえ、【落ちこぼれ】と言われている俺に取り入ることは無駄だと思われているからだ。

【雷撃のフローネ】の一件に関わっていることは、貴族の多くが知っている。だが、長年積み重ねられてきた評価がそう簡単に変わるとは考えにくい。

それに国王陛下から褒賞《ほうしょう》を与えられたことは一部しか知らないからな。

にもかかわらずアンドラウスは俺を誘ってきた。明らかに怪しい。

「このタイミング……オウガの将来を見越してつながりを持とうとした可能性もあるが……間違いなくフローネ絡《がら》みの一件だ」

「絶対に行くべきではありません。あまりにも危険すぎます」

「……俺も同じ意見だ」

まだ闇属性魔法について何もわかっていない現状で飛び込むのはバカのすること。

こんな見え見えの罠《わな》に自ら命を差し出すわけがない。

「それにアンドラウス家といえば……」

「そうだ。アリス……彼女を聖騎士団から追放した貴族」

法律を破り、人身売買を行っていた貴族一派としてアリスの提出した報告書に名前を連ねていたのを覚えている。

「ならば、なおさら俺が行くわけにはいきませんね」

それ以上に彼女の耳にも入らないように気をつけておかないと……なるほど。この話し合いからアリスを省いたのはそういう理由だったか。

「しかし、父上は大丈夫なのですか？　俺が断ることで内偵に影響は？」

悪徳領主を演じている父上とジュークの間に亀裂が入るのは避けたかった。

ここまで十数年をかけて築いてきた地位を失ってほしくない。

父上の人生を懸けた努力が水の泡になる。

なによりアンドラウス家の領地はヴェレット家と隣接していた。

まだ両家の仲が険悪になるのは避けたい。

「それは心配しなくていい。最近、名をあげ始めた息子とはそりが合わないと仲が悪い風に演技しておく」

ハッハッハといつものように豪快に笑いながら、そんな冗談を言う父上。

もちろん子煩悩《こぼんのう》な父上がそんなことを本心で思っているわけがないので、俺も釣られて笑ってみせる。

俺の懸念点《けねんてん》も解消されたので、そうなれば答えはやはり『行かない』になる。

「しかし、こうもわかりやすい状況を作り出すとは……フローネはいったい何を企《たくら》んでいるのか……？」

「……あの人は傲慢な人ですから、意外とこちらをなめてかかってくれているのかもしれません」

「そうだといいのだが。しかし、楽観的観測はよくない。しばらくはジュークに絞って監視をするとしよう。二人も何か気づいたことがあれば、すぐに教えてほしい」

「「わかりました」」

これでひとまずアンドラウス家についての話は終わり。

次はお待ちかね。魔導禁書庫へのご案内だった。

「約束通り魔導禁書庫に移るとしようか」

「では、さっそく旅の準備を」

「ハッハッハ。その必要はないぞ、二人とも。魔導禁書庫はここにあるからな」

「「……は？」」

俺とレイナの気の抜けた声が重なる。

父上はイタズラが成功したと口《くち》の端《はし》をニンマリと吊《つ》り上《あ》げる。

「魔導禁書庫はこの屋敷《やしき》の——地下にある」


「……少し楽しそうですね、オウガ君」

「レイナはワクワクしないのか？　新しい知見を得ることができるんだぞ？」

「ハッハッハ！　オウガは昔から研究者気質なところがあったからな。未知の属性と聞いて、興味を隠せないと思っていたぞ」

ヴェレット家には秘密の部屋がいくつか存在する。

その多くが地下に作られており、一階部分に地下へとつながる入り口も用意されていた。

「……驚いた。まさか我が家にこんな場所があったなんて」

父上に連れられて、俺たちは冷たい空気のなか階段を降りていく。

「オウガにも学院を卒業後に伝えるはずだったが、その予定が少し早まった。息子が優秀というのも困りものだな」

「だから、当主が使用する執務室に隠し通路があるわけか」

「その通り。レイナは今後、オウガを隣でサポートするわけだ。ならば、同じタイミングで教えておいた方がいいと判断した」

「……自分で言うのもおかしいとは思うのですが、いいのでしょうか？　私は元々あの人のもとにいた人間ですが……」

「オウガが君を家族にすると言った。ならば、何も疑う必要はない。レイナが逃げ出したら、オウガが必ず捕まえに行くだろうからね」

「それは……確かに。そうですね、お義父《とう》さまの言う通りです」

「…………」

レイナはちらりと俺を見やると、クスリと笑い声を漏らす。

特に訂正することもなかったので無言を貫いているが……なぜか少々気恥ずかしい気分になった。

「魔導禁書庫の入り口はここだ。自由に来られるように鍵を渡しておく。なくさないようにだけ気をつけるように」

「わかった。……父上は中に入らないのか？」

「私は通常業務が残っている。それに私は一度、読んだことがある」

「わかった。それなら遠慮なく」

「ああ、一つ忠告だが……」

父上は珍しく肩を組んで俺に顔を寄せると、レイナに聞こえない声量で呟《つぶや》いた。

「だれも入ってこないからといって、レイナと楽しまないように」

「なっ……！」

「ハッハッハ！　その様子だと安心だな。では、頑張るんだぞ」

そう言って、父上は地上へと戻っていく。

その後ろ姿が見えなくなると、レイナがクイッと服の袖を引っ張った。

「お義父《とう》さまはなんと？」

「……聞かない方がいい。ああ、決してレイナの悪口じゃない。……よくある中年ギャグさ」

「なるほど。てっきり私はここで激しい運動をするなという忠告かと」

「わかっているなら聞くんじゃない……」

「そうですね。次から気をつけます」

「ったく……」

嘆息しながら、俺は鍵を差し込んでドアノブを回す。

ギィ……と鈍い音を鳴らしながら扉が開くと、一斉に点灯する橙色《だいだいいろ》の明かり。

目に優しい淡い光が照らすのは真ん中にある小さなテーブルと、それを囲むように壁側に配置された本棚の数々。

どの本棚も年月を感じさせる本がぎっしり詰まっており、違いなくここが魔導禁書庫だと理解した。

「……すごい。あの人に多くの蔵書を読まされてきましたが、見覚えのないタイトルばかりです」

「ヴェレット家はロンディズム王国の全ての情報を司《つかさど》る。ならば、そういうものを保管していてもおかしくない」

「……なるほど。ヴェレット家が王家とつながりが強いわけですね」

「だが、今回の目的はそれじゃない。闇属性魔法について書いてある書物を探そう」

「では、私はここからあそこまで」

「わかった。反対側は受け持とう。ひとまず見つけたらテーブルの上に置いてくれ」

俺とレイナは手際《てぎわ》よく手分けして、本棚に目をこらして闇属性魔法について記された本を探し出す。

……が、どこにも見当たらない。

もうこの段で最後だぞ……？

本当にあるのかと疑心暗鬼になりかけたところ、背後からドサリとテーブルに荷物が置かれた音がした。

「どうやらこちらにまとめられていたみたいですね」

「……だな」

レイナが見つけたのは三冊の古びた革表紙の本。

どれも表紙に文字は印字されていない。

しかし、どの本も俺の二の腕ほどの分厚さだった。

「多いと思うべきか、少ないと思うべきか」

「簡単に中身を確認しましたが、全ページにわたって闇属性魔法について書かれていました」

「それなら三冊でも問題はないかもしれないな」

「さっそく読みましょう。時間は有限です。こちらにどうぞ」

「すまない。ありがとう」

「いえいえ。それでは私も失礼します」

「…………」

レイナが引いてくれた椅子に座ったら、俺の膝の上に彼女も腰掛けた。

よく見れば椅子は俺が使っている一脚しかない。

「オウガ君。どうかしましたか？　次のページをめくってください」

「……ああ、そうだな。今は内容を知ることが優先だからな」

ひとまずレイナは置いておき、中身に目を通していく。

……が、文字がかすれており解読には少しばかり時間がかかりそうだった。

「流し読んで必要な部分だけ先に読んでいきますか？」

「いいや、時間をかけてもいいから最初から読もう。今回は俺たちの知識が全く役に立たないジャンルの可能性もある」

そう言って、俺は一ページ目からしっかりと読み込んでいく。

レイナも反対意見はないらしく、俺と同じように本に視線を落としていた。

それからどれくらいの時間が経《た》っただろうか。

俺がページをめくる音と二人分の息づかいの音だけが室内に響く。

ようやく一冊を読み終えたときにはすでに体中が凝り固まっていた。

「んっ……んぅ……」

俺の膝上でレイナがグッとノビをする。

ずっと同じ姿勢だったせいか、筋肉をほぐすたびになまめかしい声が漏れ出ていて、精神的によろしくない。

俺も無反応を貫きながら、闇属性魔法について感想を述べることにした。

「……末恐ろしいな、闇属性」

「……はい。どれもが人の尊厳を無視した極悪なものばかりでした」

これを使えば催眠で淫乱ハーレム完成とか考えていた自分が恥ずかしいほどに、闇属性魔法は恐ろしい魔法だった。

闇属性魔法の根幹は主に対象者の精神に働きかけるというもの。

相手の精神を乗っ取る……いわゆる洗脳。

その他にも脳内に直接自身の死のイメージを与えて、あたかも本当に死んだかのように錯覚させる魔法。

そして、極めつけは——。

「——【憑依転生《ひょういてんせい》】。他者の精神を操れるならば、己の精神だって問題ないということですか」

「ああ。別の肉体に精神を移すなんてあり得ないことをどのようにやるのかと思っていたが、闇属性魔法を使うとはな……」

これがフローネがやろうとしていること。

自身の精神を他者の肉体に移し替える魔法。

まさしく精神の転生。

なにより恐ろしいのは器にあった元の精神は上書きされ、この世から消え去るということ。

生きているはずなのに、死んでいるのだ。

奴《やつ》はこんなにも恐ろしい魔法を「ただ若い器《からだ》が欲しいだけ」という理由で、レイナの身体《からだ》を弄び、今はマシロを狙っている。

その事実だけでこみ上げてくる怒りがあった。

他人の命をなんとも思っていないからこそ思いつき、実行できる芸当。

あのとき、アリスと父上にマシロを頼んでいなかったらと思うとゾッとする。

「あの人の判断基準は簡単です。自分か、自分以外か。自分さえよければ他がどうなろうが知ったことではない」

「だからこそ、戦場では活躍できたのかもしれないな……」

きっと味方の死にも敵の死にも興味がなかったはずだ。

それなら調子が落ちることはないだろう。

ただただ己の欲望に従って、敵を殺せば気持ちいい。

「……クックック。フローネを最初に英雄と称《たた》え始《はじ》めた奴《やつ》は本質が見えていなかったようだな」

「全くです。あの人は英雄なんかじゃない。ただの狂った化け物だ」

見解が一致する。

あの化け物がどんな手を使ってくるかわからない。

さきほどのジュークの誘いの手紙の件もあるし、油断せずにもっと気を引き締めておかないと……。

「さぁ、そろそろ戻ろうか。続きはまた明日だ」

「そうですね。集中力を使い切ったせいで、お腹《なか》が空いてきました」

「なら、今日は体力がつく肉類を中心に作ってもらえるようにメニューを調整しよう。たまにはそういう日があってもいい」

「いいですね。私も今日はしっかり食べることにします」

明日もすぐに作業が再開できるように本を積んだまま、禁書庫の外に出る。

すると、ちょうどこちらに向かって歩いている父上の姿があった。

別に慌てた様子はないが……いったいどうしたのだろうか。

「父上、いかがなさいましたか？」

「いや、夕食の時間になっても戻ってこないから声をかけに行こうと思ってな。どうだ、収穫はあったか？」

「少しは。ですが、まだ完全とは言えません」

「そうか。……ところで、二人とも」

「どうかしましたか、父上」

「その……本当に楽しんだのか、二人で？」

「していない（していません）！」

地下通路に俺とレイナの叫び声がこだました。

Stage3-3 俺の覚悟、アリスの決意

あれからレイナと闇属性魔法について学ぶ過程でいくつかわかったことがある。

まずは発動条件。

それは術者と対象者の瞳にお互いが映っていること。

これが闇属性魔法の最大の難関。だからこそ、フローネは自らの傀儡《かいらい》を増やすために信頼を勝ち取る行動を積み重ねていたのだろう。

効力は術者と対象者の魔力量にも影響を受ける。対象者が多くの魔力を持っていればいるほど、術者の消費する魔力も多くなる——この原理は俺の【魔術葬送《デリート》】に似ているな。

もう一つ特徴として、持続性がある分、効果を発動している間は魔力を消費することになるとの記載があった。

フローネがマシロに闇属性魔法を使わなかった理由はここにあると睨《にら》んでいる。

それと【洗脳】は可能だが複数の命令を同時に実行はできない。それでも強力な魔法には変わりないが。

そして肝心の闇属性魔法による洗脳を解く方法は二つ存在する。

一つは術者の死亡。魔法を使用した者を殺せば自動的に洗脳は解けるのは道理と言えるだろう。

もう一つは術者本人による解除。これは他の魔法とは少し違うところだな。

そもそも永続的に効果が続く魔法の種類が少ないのと、呪文を唱えた後は詠唱に値する現象が起きるのが魔法だ。

つまり、現在フローネによって記憶を消されている貴族たちはフローネが死ぬか、彼女の気まぐれでも起きやしない限り、元に戻らない。

……が、ここで一つだけ俺とレイナが思い至った方法があった。

それは【魔術葬送《デリート》】を使っての解除だ。

闇属性魔法もあくまで魔法。

ならば【魔術葬送《デリート》】で十分に効果を消し去ることができる。

そして、その可能性は極めて高いと結論を出していた。

「フローネは自身の闇属性魔法が通用しないかもしれないから、魔法を打ち消す術を持つ俺を不確定要素として嫌ったわけか」

「そう考えるのが自然でしょう。しかし、これで確定しましたね」

「ああ……フローネに対して最も相性が良《い》いのは俺だ」

まさかこの世界で生き残るために生み出した技術が徒《あだ》になるとは……！

そう遠くない未来で俺は戦場に引っ張り出されるだろう。

願いが叶《かな》うならば、絶対に戦場に立ちたくはない。

だが、闇属性魔法について知れば知るほどそうも言っていられなくなった。

このままフローネを放置しておけば間違いなく世界は奴《やつ》に支配されて終わりを迎える。

ハーレムや楽して異世界生活などとはかけ離れた世界に変わり果ててしまうだろう。

待ち構えるのは死の匂いが立ちこめる世界だ。

ならば、食い止められる人物が立ち上がらなければならない。

「……少し休憩にしましょうか。悩んでばかりでは良《い》いアイデアも思い浮かびませんし」

「……そうだな、地上に出よう。少し小腹も空いた」

「おやつの時間ですもんね。私も腕を振るうとしましょう」

「ありがとう、レイナ」

前回の反省を生かして持ち込んだ時計は日も傾き始める時刻を示していた。

……ある程度、闇属性魔法についてわかったところで父上に報告しなければならない。

もちろん俺の【魔術葬送《デリート》】が有効手段になることも。

それを父上に告げてしまえば、この長期休暇のようなゆるやかでのんびりとした時間とはしばらくサヨナラだ。

みんなとの楽しい未来を勝ち取るためとはいえ……やはり命を懸けた勝負はとても気が重く

なる。

【雷撃のフローネ】は今まで戦ってきたどの相手よりも強い。

はっきり言ってレベルが違う存在だ。

そんな強敵に挑んで、もし俺が敗北してしまったら？

マシロの明るさも、カレンの優しさも、レイナの笑顔ももう二度と手にすることはできない。

もしくは記憶を奪われて、自分の意思に関係なく三人を傷つけてしまうかもしれない。

フローネは間違いなくそういうことをする。

俺にだって思いつくのだから、奴《やつ》ならもっとむごいことをやってのけるかもしれない。

「…………………」

今までとは肩にのしかかる重圧が違う。

地上へと向かう足取りはいつもよりも重くなっていた。

「……オウガ君」

「どうかしたか？」

「え～いっ」

「うおっとと……」

隠し部屋から執務室へと入る手前でレイナに呼び止められて、後ろを振り向く。

すると、レイナはおもむろに俺に抱きついた。

「レイナ？　いきなりどうしたんだ？」

「私は今回の報告。してもしなくてもどちらでもいいと思います」

「……それはダメだ、レイナ。俺がやらなくちゃいけない」

「そうですか？　だって、魔法適性がないと不利な社会を作り上げたのは王国なのに、自分たちが困ったときだけオウガ君に頼るなんて虫のいい話だと思います」

「それは……」

「……だけど、わかってもいました。オウガ君ならきっとみんなを助ける選択肢を選ぶのだろう、と」

ぎゅっとレイナの腕に込める力が強くなる。

密着しているせいで彼女の表情はうかがい知れない。

「ですが、これだけは覚えておいてください。あの日から、私の命はオウガ君と共にあります。──もしなにかから逃げ出したくなったときは一緒に逃げてしまいましょう」

「………」

「あなたがどんな選択をしたとしても、私はずっとそばにいますから。たとえ死んだとしても、そばに」

「………ああ」

ぎゅっとレイナの細い体を抱きしめ返す。

この間までこんなに細くて壊れやすそうだなと思っていたのに、いま彼女から感じる温かさはとても頼もしく思えた。

「……ありがとう、レイナ。その言葉で十分に元気づけられた」

「どういたしまして。……でも、きっとたまたまここにいるのが私だっただけでマシロさんやカレンさんも同じようにしていたと思いますよ」

「ハハッ……あとで聞いてみようかな」

「ぜひぜひ。みんな、全てをかなぐり捨ててオウガ君についてきてくれますから」

……愛されているな、俺。

一つ、本当にくだらない妄想をする。

戦いから、フローネから逃げた俺自身の姿を。

……なんと情けない背中か。

そんな後ろ姿を、俺を慕ってくれるみんなに見せたくない。たとえ彼女たちが俺の選択を尊重してくれたとしても。

これは俺の目指す悪役としてのプライドだ。

そんな情けない奴《やつ》が悪役なんて語る資格があるのか？

欲しいものを奪っていくのが俺の覇道。奪われるなんてまっぴらだ。

クックック……いいだろう。やってやろうじゃないか、フローネ。

マシロ、カレン、レイナ……全員をこの手からこぼしたりしない。

そして、俺の信念を貫き、お前の野望を打ち砕いてやる……！

覚悟は決まった。

戦いへの覚悟と。三人へ向き合う覚悟。

フローネとの戦いに勝った暁には、三人と結婚しよう。

俺はこの夏、彼女たちと一線を越えるための計画を立てていた。

バカな俺は気づかないふりをしていただけで本心はわかっていたのだ。

マシロを、カレンを、レイナを想《おも》う気持ちを。

「……よし。改めて父上が戻ってきたら話をするとしよう」

「さきほどよりもずいぶんいい表情をしています。吹っ切れたみたいですね」

「おかげさまでな」

抱きついたままのレイナの頭を撫《な》でる。

さて、いつまでもここにいるわけにもいかない。

執務室に誰もいないことをのぞき穴から確認した俺たちは地上へと戻った。

「お茶会でもする前に少し外の空気でも吸おう。体もほぐしておきたい。あそこは窮屈なのがいかん」

「そうですか？　私は好きですよ。狭くて、その分オウガ君との距離が縮まるので」

「クックック。俺をからかっても何も面白いことはないぞ、レイナ」

前世で似たようなことを言われて、何度勘違いを繰り返してきたと思っているんだ。

……だが、今後は勘違いであったとしても攻めを貫く！

おそらく、レイナは俺に助けられて間違いなく好意を持ってくれている……はず。

ならば、『ライク』から『ラブ』に変えるのをひとまずの俺の目標としよう。

そこら辺のなんの思い入れもない女なら、権力を使って侍《はべ》らせることになんの忌避もない。

だが、マシロにカレン、レイナの三人とだけは……きちんと恋愛結婚をしたい。

彼女たちと結婚したいと思った以上、これまでとは経緯が変わってくる。

問題なのは俺に恋愛経験があまりないことだが……その辺もおいおい勉強していくとしよう。

「……オウガ君はもしかして相当鈍いのでは？」

「すまない。何か言ったか？」

「いいえ。私ももっと頑張らないと、と思っただけですよ」

思考に神経を割いていたせいでレイナの言葉を聞き逃してしまった。

……いけない。こういうのもマイナスポイントだぞ、俺。

次からはしっかり聞き落とさないようにしないと……。

ひとまず中庭にでも出て、太陽の光を浴びるとするか……ん？

玄関から外に出ると、なにやら深刻な面持ちでいくつかの封筒を配達員から受け取っているアリスの姿があった。

ヴェレット家にやってくる配達員は二種類存在する。

父上や母上……いわゆるヴェレット家に関する大切な書類を届ける貴族御用達《ごようたし》の配達員と主に平民の使用人たちあての郵便物を届ける配達員。

今回は後者だ。だからこそ、アリスが受け取ったのだろうが……。

「アリス？　何かあったのか？」

「……オウガ様」

ハッとした様子でこちらに振り向くアリス。

次の瞬間にはいつもの彼女に戻っている……が、手元にある封筒の束は強く胸元に抱きしめられていて少しばかりくしゃりと歪《ゆが》んでいた。

「郵便物を受け取っていました。使用人のみなさんへの手紙みたいです」

アリスに手紙が届くことはない。

彼女は改名をしているし、戸籍上からもクリス・ラグニカは消えている。

……もしかして、さみしいのだろうか。

他の使用人は家族からもこうして時折手紙が届く。しかし、彼女にはそれが訪れる機会はない。

だからこそ、つい手に持つ封筒に込められた力が強くなってしまっている。

クックック。ならば、そのさみしさを消し去ってやろうじゃないか。

「アリス」

「……はい」

「今晩、俺の部屋に来るといい。良《い》いものをくれてやる」

良《い》いもの……それはもちろん、俺からの感謝の手紙だ。

アリスには日々頭を悩ませることも多いが、同じくらい感謝も忘れたことはない。

彼女がいなければ今の強さを持つ俺はいないし、ひいてはレイナも俺のそばにいなかっただろう。

きっと俺の狂信者である彼女だ。泣いて喜んでくれるに違いない。

レイナやマシロ、カレンとの関係も大事だが、最も近くで俺を支えてくれているアリスのことを大事にしないわけにはいかない。

俺が父上の後を継いだ未来でも彼女にはサポートしてもらうのだから、手紙の一枚や二枚、安いものだ。いくらでも書こう。

やはり気分転換をすると脳が冴《さ》え渡《わた》る。

悩みも消えた俺の頭脳を止める障害はなにもない。

「あら、お楽しみですか、オウガ君？」

「レイナ。父上みたいなことを言うんじゃない」

「ご安心ください、レイナ様。そのようなことはあり得ませんので。絶対にありませんので」

うむ、よくアリスもわかっているようだ。

ずいぶんと強調して言ってくれている。

「ありがとうございます、オウガ様。今晩、お部屋にお邪魔いたします」

「ああ。それと今から少し休憩をしようと思う。手紙を皆に渡したらマシロとカレンを……そうだな。中庭まで呼んでくれるか？」

少し日も傾いてきて気温がちょうど良《い》い。

中庭のオープンテラスで一息入れるとしよう。

「かしこまりました。お茶菓子もお持ちしますね」

「よろしく頼む」

ペコリと頭を下げたアリスはくるりと背を向けて、屋敷内《やしきない》へと入っていく。

その姿はいつもよりも早足だった気がした。

◇　◇　◇　◇　◇

「う～ん！　このクッキー、サクサクで美味《おい》しいよ～！」

「やっぱり甘いものは心の栄養だね」

「ですね～!!」

同意したマシロはお皿に並べられたクッキーをパクパクと食していく。

こうして彼女はまた大きく成長するのだろう。

そして、数日後に己のお腹《なか》を見て、後悔する。

俺はマシロぐらいのムチムチさならむしろ大歓迎なんだが、本人にそういうことを言えばノンデリ男として嫌われる。

ここは黙っておいてあげるのが優しさなのだ。

俺は自分の口が変なことを言わないようにレイナお手製の紅茶を口に含んだ。

今日は柑橘系《かんきつけい》のフレーバーか。さっぱりしていて、お茶菓子の甘さがちょうどよい塩梅《あんばい》に感じられる。

「お二人はお勉強は進みましたか？」

「はい！　明日か明後日《あさって》には学院から出された課題は全部終わりそうです」

「それは……すごいペースですね」

これにはレイナも驚いた様子。俺も同意だ。

学院は長期休暇がいつ終わるのか見通しが立っていないので、俺でも面倒だと思う量の課題が出されていたはず。

それを元々平民だったマシロがもう終わらせようとしているのだから、どれほどすごいことか。

「そんなに慌てなくてもいいんだぞ？　無理はしていないか？」

「うん、大丈夫。ちゃんとしんどくなったら休憩しているから」

「モリーナさんに私たちの教師役として手伝ってもらっているんだ。そのサポートもあるからかも」

「そうか、モリーナに……彼女ほどの実力者なら間違いないだろうな。俺も幼少期は魔法について、いろいろと教えてもらっていたから」

魔法適性がなくとも貴族社会を生きる上で魔法の知識は必須だった。その点、モリーナは適性がない俺にも嫌な顔一つせず、教鞭《きょうべん》を執ってくれた。

きっとマシロたちにも実りある時間になるだろう。

「ごめんね、オウガくん。勝手にモリーナさんに頼んじゃって」

「構わん。モリーナは面倒見がよく、世話を焼くのが好きだからな。本人も喜んでやっているさ」

「負担になってなかったらいいんだけど……」

「心配しなくていい。伊達《だて》に十年以上もこの屋敷《やしき》でメイド長を務めているわけじゃないからな」

むしろ俺やセリシアの勉強係を外れてからは暇そうにしていた節もあったから、今は楽しくやっているに違いない。

なるほど。モリーナがついているならば驚異的な速度も納得できる。

「ずいぶんと頑張っているみたいだし、後半もまたみんなでどこかに遊びに行こうか」

「やった～！　……って言いたいんだけど、実はボクたちからお願いしたいことがあって……」

「ボクたち、ということはカレンもか？」

「うん。オウガだけにじゃなくてレイナさんにも……」

「私にもですか？」

思わずレイナと顔を見合わせる。いったい何だろうか？

二人は立ち上がると、そのまま俺たちへと頭を下げた。

「「オウガ（くん）！　レイナさん！　私（ボク）たちに稽古をつけてください！」」

「……二人とも面を上げて、ひとまず座ってくれ」

思いもよらないお願いに呆気《あっけ》にとられそうになったが、なんとか取り繕えた俺は着席を促す。

……さて、いくつか聞きたいことは思い浮かぶが……まずはこれだろう。

「……どうしてそう思ったんだ？」

「えっと、それは……その……ボクもオウガくんの役に立ちたいから、もっと頑張らなきゃと思って」

「……ラムダーブ島での一件。私たちは何も力になれなかった。今回だってオウガに守られないといけない立場で……ずっと後ろにいるのは嫌だから。隣に並んでいたいんだ……こ、婚約者として」

「ボ、ボクも！　守られてばかりは嫌だ！　オウガくんに背中を任せてもらえるくらい強くなりたい！」

二人の決意も、言葉に乗せられた想《おも》いも本物だ。目を見れば、そんなこと誰にだってわかる。

だけど、その選択をしてしまえば二人はもう元の生活には戻れない。

辛《つら》かったからやっぱり辞める。そのくらいの覚悟で戦場へと足を踏み入れさせるわけにはいかないからだ。

レイナとの戦いで俺も理解した。きっとそういう甘えを見せた奴《やつ》から死んでいく。

だからこそ、あえて厳しいことを言わせてもらう。

「……それはつまり、命の懸かった戦場に二人も出たいということか？　その覚悟が本当にあるんだな？」

「あるよ！　だって、オウガくん言ったよね？　【落ちこぼれ】の俺のそばに永遠にいるのがボクに与える罰だって。あのときから……ボクの想《おも》いはもう決まっているんだ」

「オウガは私に生まれ変わる機会をくれた。もう引っ込み思案で、流される人生は嫌なんだ。私は……私の意志で、オウガと一緒にいたい！　そういう道を歩みたい」

「……そうか。わかった」

……あぁ、ダメだ。普段なら耐えられる。耐えられるが……今ばかりは少し効く。

マシロも、カレンも俺は守るつもりでいたし、きちんとそう伝えていた。

立場を考えればわざわざこちらに来る必要はないというのに……。

本音を言うならば二人には安全なところにいてほしい。いや、レイナだって俺の後ろにいてくれた方がいい。

悪徳領主を目指すなら、彼女たちの意見なんて却下して屋敷《やしき》の中に大事に大事に仕舞っておくのが正解なんだろう。

でも、そんな姿は全く格好よくなかった。

俺が目指すのは格好よい悪の人生。そんじょそこらのド三流とは違うのだ。

もう彼女たちに対しての想《おも》いは、以前までのただのハーレム要員に向けるものではない。

二人の気持ちを尊重して、かつ俺の我《わ》が儘《まま》も叶《かな》えたい。

『好きなことをやりたい放題して生きる』……そう決めたんだろう？

彼女たちを強くして、そして彼女たちを守れるくらい俺はもっと強くなる。

これが俺が歩むべき信念を持った覇道！

「その話、引き受けよう」

「私も……そこまでお二人が言うならば協力させてください」

「……やった……！」

「ありがとう、オウガ！　レイナさん！」

二人は俺たちの手を握りしめるとブンブンと喜びを表すように振った。

「あっ、そうだ！　アリスさんにもお願いしたいんだけど……」

「わかった。俺から伝えておく」

彼女はマシロたちを呼び、お茶菓子を持ってきてくれた後、同僚たちに手紙を渡すために席を外している。

とはいえ、アリスからはきっと良《い》い返事がもらえるだろう。

彼女が二人の熱意を無下にするとは思えない。

「オウガくん！　レイナさん！　本当にありがとう！」

「二人からもきちんと本人に直接、お願いするんだぞ」

「うん、もちろん！　やりましたね、カレンさん！」

「だね、マシロさん！」

二人は手を合わせて喜びを共有し合っている。

目の前に咲く二輪の美少女の笑顔。うむ、幸せな世界は疲労した脳の癒やしだな。

その笑顔を摘まれないように俺も一層の努力をしよう。

自らの意志で俺を支えようとしてくれる。

あんな危険な事件だったというのに決して恐れず、俺の隣に並びたいと言ってくれる。

……それが今の俺にとって、どれだけ嬉《うれ》しいことか。

「……ね、言ったでしょう？　二人も同じことを言いますよって」

パチンとウインクをして、耳元でささやくレイナ。

「……俺は幸せ者だな」

そんな聞かれたら恥ずかしい呟《つぶや》きを嚥下《えんか》するようにまた俺は紅茶を喉に流す。

「幸せなのはお互い様ですよ、オウガ君。……あら、耳が赤くなって……」

きっとレイナの気のせいだろう。

それに関してはノーコメントとさせてもらった。

◇◇◇◇◇

マシロとカレンの気持ちを知れたお茶会を終え、俺は自室でアリスと約束した手紙をしたためていた。

今の俺は感動に満ちあふれている。

胸が熱いうちに筆を走らせれば、気持ちが乗ってアリスの喜ぶ文章を書けるだろうと思ったからだ。

「……よし、できた」

俺は完成したアリスへの手紙に変なところがないか読み返す。

こういうものは長々と綴《つづ》るのではなく、端的にまとめた方がいいらしい。

だが、アリスが普段からやってくれていることを考えると、どうしても一枚ギリギリまで書いてしまった。

それだけ彼女が俺の周りで占めている割合が多いということ……前々からわかっていたが、もはや抜けられては困る存在。

彼女もマシロたちのように、改めて俺の剣でいることを誓ってくれるだろうか。

いや、不安に思うな。俺の心のこもった手紙に、アリスも好感度を上げてくれること間違いなしだろう！　勝ったな、ガハハ！

強大な敵を迎え撃つからこそ、身内をまずはしっかり固めなければ。

「オウガ様、ご夕食の準備ができました」

噂《うわさ》をすればなんとやら。

控えめなノックと共にアリスが夕食ができたことを知らせてくれる。

「アリス。中に入ってきてくれるか？」

「……かしこまりました。失礼いたします」

……ん？　なんだかいつもよりも距離が遠い気が……ああ、もしかして俺がすぐ移動すると思ってドア付近に待機しているのか。

言葉が足らなかったな。

なら、仕方ない。俺から彼女へと近づく。

「アリス。これを俺から君に。約束していたものだ」

「これは……」

「言っただろう？　いいものをくれてやると。これは俺からアリスへの感謝の手紙だ。受け取ってくれるか？」

「オウガ様……そんな、私は……そのようなものをいただける者では」

「何を言っている。フローネと戦い、マシロを守ってくれた。日頃から俺にも尽くしてくれる。受け取る資格は十二分だ」

手紙に驚いたアリスは目を見開くと、おそるおそる便せんの入った封筒を受け取る。

彼女はそれをしばらく眺めた後、そっと胸に抱く。

決して潰さないように、宝物を扱うように、優しく。

……ここまでされると恥ずかしいものがあるな。

俺はてっきりいつもみたいに過剰に泣いて、過剰に叫ぶと予想していたがどうやらハズレみたいだ。

やはり俺はまだアリスを詳しく知れていない。

「……オウガ様、ありがとうございます。後で大切に読ませていただきます」

「そうしてくれ。目の前で読まれては俺も恥ずかしい」

「それほど熱烈な文を書いてくださったのですね。……私は果報者です」

アリスは潤んだ目元を指で拭い、ペコリと頭を下げる。

『ありがとう』を伝える手紙を書いただけで、ここまで感激されるとむずがゆいな。

話題を変えて、空気も変えるとしよう。

「それとアリス。もう一つあるんだが……俺と文通をしないか？」

これは手紙を書いているときに思いついたことだ。

先日の耳かきの際も思ったが、俺はアリスのプライベートに関して知っていることが少なすぎる。

それこそ書面上のものばかりで、彼女から直接聞くことはしてこなかった。

そんなことをしなくてもアリスはついてくると考えていたからだ。

実際やらなくても、彼女は俺の悪事に気づくまでオウガ・ヴェレットの剣として力を振るってくれるだろう。

だが、それではいけない。

本当に助けが必要なとき、我が身を救ってくれるのは普段の行いだと気がついた。

マシロにカレン、レイナ。そして、アリス。

彼女たちは俺の悪役貴族生活においてなくてはならない存在。

四人のうち、関係上仕方ないのだがプライベートな話がほとんどないのがアリス。

「ここに相手への質問を一つ書き、渡す。相手は質問の答えと次の質問を書いて、また渡す。ルールはこれだけだ」

「お、お待ちください、オウガ様。本当に相手が私でよろしいのでしょうか？　なにかの間違いでは？」

「いいや、むしろアリスとしかやらん」

「……オ、オウガ様……！」

だって、三人にはこんなまどろっこしい真似《まね》をせずに直接聞けばいいし……。

アリスとはどうしても対面していると主人と従者の関係性が邪魔をしてくる。

こうして紙を通じてならば、少しはやりやすさもあるはず。

すでに感謝の手紙の文末に俺はアリスへの質問を書いている。

『これからも俺の剣としていてくれるか？』と。

返事は決まっているようなものだが、まずはこれくらいから慣れていくのがいいだろう。

「本音を書くんだぞ。俺に対する遠慮はいらん」

「……わかりました。謹んでお受けいたします」

よし、これで俺からの用事は終わり。

あとはマシロたちの稽古をつけてほしいというお願いを伝えるだけだ。

俺は簡単に内容をまとめて、アリスに話す。

「では、リーチェ嬢とレベツェンカ嬢も参加されるというわけですね」

「そういうことだ。二人にも手を貸してやってくれ」

「……はっ。承りました」

うん、これで全てのミッションコンプリート。

やるべきことをやり終えると、お腹《なか》が空いてきた。

「さぁ、行こうか。あまりみんなを待たせるのもよくないしな」

「……オウガ様、大変申し訳ございません。私は自室にオウガ様のお手紙を置いてから向かってもよろしいでしょうか」

「ハッハッハ。もちろんだ。俺は先に行っておくぞ」

「ありがとうございます。失礼いたします」

一礼して、アリスは屋敷《やしき》の端にある使用人寮へと足早に駆けていく。

なんというか実にアリスらしい断りだったな。

しかし、そうか。あそこまで大切にしてくれるとは……。

アリスの中で俺の株も大高騰間違いなしだろう。

やはりあの時、アリスにだけ手紙がなくてさみしがっていたという俺の読みは的中だったたんだ。

「クックック……自らの観察力が恐ろしい」

思わずクツクツと笑い声を漏らした俺もまた彼女とは反対方向へと足を進めるのであった。

◇◇◇◇◇

マシロたちと共に行う早朝訓練、一日目。

自分にとってはいつも通りの時間に目が覚めて、起き上がる。

だが、朝に必ずいちばんに聞く彼女からの挨拶がなかった。

「……アリスの奴《やつ》、寝坊か？」

いつもなら俺の部屋にやってきて起こしてくれる彼女の姿がない。

アリスを雇ってから一度も遅刻したことなどなかった。

朝だけじゃない。アリスはきちんと時間を守って行動する。

寝坊の線は外して、考えられるのは二つ。

先にマシロたちの特訓のための器具を準備しているかマシロたちを起こしに行っているか。

自分で起きられる俺よりもマシロたちを優先するのは仕方ないことだ。

普段は眠っている時間に起きるというのは想像以上に難しい。体に染《し》み込《こ》んだ習慣を変えるには相応の時間が必要になるからな。

テーブルの上には、いつも俺が着用しているトレーニングウェアが畳まれて置かれていた。

「久しぶりだな、一人で着替えるのは」

ずいぶんと俺も贅沢《ぜいたく》な人間になったものだ。

初めてかもしれんな。着替えるのが面倒くさいと思ったのは。

若干の着づらさを感じつつ、ウェアに袖を通した俺は屋敷《やしき》に併設されているトレーニングルームへと向かう。

ここは父上にお願いして作ってもらった施設なので屋敷《やしき》に比べて比較的新しい。ちなみにお願いしてから一週間後には出来上がっていた。

父上の家族愛はこういうところでも発揮される。

「あっ、おはよう、オウガくん」

「おはよう、オウガ。ふふっ、私たちが一番乗りだね」

「オウガ君、おはようございます。それでは全員そろいましたし始めま……あら？　オウガ君、アリスさんは一緒ではないんですか？」

中に入ると挨拶をしてくれる三人。

視界に映ったのは俺の想定していた光景ではなかった。

「……アリスはマシロたちを起こしに行ったんじゃないのか？」

「ううん。ボクたちはちゃんと自分で起きたから」

「昨日すっごく早く寝て、ちゃんと間に合うように調節したからね」

「私もです。てっきりオウガ君と来るものだとばかり……」

なにかがおかしい。日常に異変が起きている。

彼女ならばなにかを知っているかもしれない——と手を叩《たた》く前にモリーナがそばに現れた。

「オウガお坊ちゃま」

「モリーナ！　聞きたいことがある。アリスについてなんだが……」

「私もあの娘のことです。早朝の業務時間になっても顔を出さないと報告を受けて、お坊ちゃまの元にいるのかと確認に来たのですが……」

その言葉を聞いた瞬間、俺は体を翻《ひるがえ》してアリスの部屋へ向かって走り出す。

無性に嫌な予感がした。

ただ寝坊しているならばいい。笑って許そう。

だけど、アリスが。アリスだからこそ、そんなことがあり得るのかと不安がどっと押し寄せる。

……一つ。一つだけ心当たりがあったからだ。

ジューク・アンドラウス。

俺へとパーティー参加への打診を送ってきた彼女の仇《かたき》ともいえる貴族。

もし、その存在が俺に接触しようとしてきたことを知れば、アリスならば一人先走る可能性がある。

だから、奴《やつ》に関して俺たちはアリスに漏らさなかった。そう、漏らしていないのだ。

ならば、向こうからアリスに接触をした？　いったいどうやって……？

「……いや、今はそうじゃない」

可能性を探る前にアリスの無事の確認が先決だ。

取り越し苦労であってくれ……！

アリスの部屋の前までやってきた俺は思い切りドアを開ける。

すると、そこには開かれた窓から吹き込む風にカーテンが揺れるだけで、俺の求めた光景はなかった。

アリスが出ていった？　悪夢でも見ているのか、俺は……？

フラフラと中へと進み、ふと目の端に見覚えのある便せんが入った。

「……こんな手紙は受け取りたくなかったぞ、アリス」

机に置かれた一枚の紙。

『お暇《いとま》をいただきます』

見たくなかった綺麗《きれい》な文字が、彼女の性格のようにまっすぐに並んでいた。

◇　◇　◇

屋敷《やしき》を出た私は愛剣を抱きながら、アンドラウス領行きの夜行便の馬車に揺られていた。

瞳を閉じれば、鮮明に思い出せる。あの日、闘技場でオウガ様と出会ったときのことを。

オウガ様は、私の大好きな瞳をしていた。

夢を語り、そこへと突き進むという強い意志が宿った瞳。

私を必要としてくれたのもある。

だけど、それ以上に……あの強き瞳に惹《ひ》かれて手を取ったのだなとバカな私は最近気がついた。

「……今ごろオウガ様は何をしていらっしゃるだろうか」

私では到底及ばない聡明《そうめい》な方だ。

もしかするとすでに私がいないことに気づかれていらっしゃるかもしれない。

特に昼間の手紙を受け取った場面を見られている。

オウガ様はあのとき、私が嘘《うそ》をついているのを見抜かれていたと思う。

あのとき、私はみんなへの手紙だと言った。実際はそうではないというのに。

だから、オウガ様は感謝の手紙をくださって口に出さずとも引き留めようとしてくれた。

始めようと言ってくださった文通の問いが『これからも俺の剣としていてくれるか？』だったのは、私がしようとしていることを全てわかっていたからだろう。

「……あなたとの思い出は私にとっての宝物です」

だけど……だからこそ、この戦いにあの方を巻き込んではいけないと決めた。

オウガ様がくれた手紙を大切に折りたたんでポケットにしまい、入れ替える形で別の手紙を取り出す。

そこにはたった三行の文章が綴《つづ》られていた。場所を示す情報と指定された場所に一人で来ること──そしてジューク・アンドラウスの記名だけ。

これから私がやるのは私情の仇討《かたきう》ち。

私の……いや、私たちの正義を示すためにあの男を殺しに行く。

オウガ様はいずれ世界を救う【聖者】となる素質を兼ね備えている。

そんな方に仕えるメイドが、貴族殺しの汚名を着た女などというのは許されるわけがないのだから。

「……ジューク・アンドラウス……」

手紙に記された名前を見ると、ギリッと奥歯が軋《きし》む。

私を聖騎士団から追い出した貴族……そして。

私の憧れた聖騎士を陥《おとしい》れたこの世で最も斬らねばならない悪。

「あなたの敵は必ず討ちます、リリー総隊長……！」

どれだけの時が経《た》とうとも薄まることのない過去が。

私の人生が全て変わった運命のあの日の出来事が。

怒りと共に腹の底からよみがえった。

◇◇◇◇◇

「今日も上々でしたね、ラグニカ副隊長！」

「ああ、これならリリー総隊長も満足してくれるはずだ。みんなもよく頑張ってくれた」

「じゃあ、今日は副隊長のおごりを期待してもいいですか⁉」

「いいだろう。ただし、その前に今日の訓練メニューをこなしてからだがな」

「「えぇ～！」」

背後からブーイングが起こるが、全員本気で怒っているわけじゃない。

彼ら彼女らは私が直《じか》に鍛え上げた隊員で根性がある者ばかりだ。これくらいで音を上げたりする奴《やつ》はいないと自負している。

私も昇進して一部隊を持つようになり、近隣の魔獣を狩るという遠征からの帰路についていた。

そんな可愛《かわい》い部下たちと聖騎士団の隊舎へと帰還し、今日もまたいつもと変わらぬ時間が流れるのだろうと思っていた。

「さぁ、早く報告を済ませよう。楽しい時間のた、めに……も……？」

床も、壁も、天井も真っ赤に染まりきった隊舎を見なければ。

「な、なにこれ……？」

「え……血……？」

後ろにいた隊員たちも呆気《あっけ》にとられて、顔を青ざめさせていく。

ここで冷静さを失うのが一番マズいと判断した私は大声で指示を出す。

「総員、剣を抜け！　まだ戦闘経験が薄い者は王宮に向かい、報告を！　残った者は二人一組で中を確認するぞ！　実行犯を見つけ次第、声を上げろ！　わかった者から散開！」

「「了解!!」」

間一髪で平静を取り戻した隊員は指示通りにばらけて中へ突き進む。

指示を出し終えた私も一人で隊舎を見て回っていく。

その道中はまさに地獄絵図だった。

宿舎、鍛練場、食堂。

数多《あまた》の場所で聖騎士たちの死体が転がっていた。

その中でただ一人だけ動いている人物を見つける。

自分の目を疑った。

「な、なにをやっているんですか……?」

なにかの間違いなんじゃないかと。これは悪い夢で、私はまだベッドの上にいるんじゃないかと信じたかった。

だけど、速くなる鼓動が。鼻をつく血の匂いが全て現実だと突きつけてくる。

「なにをやっているんですか、リリー総隊長⁉」

ピタリと動きが止まって、彼女はまるで人形のようなぎこちない動きでこちらに顔を向ける。

付着した血が黒ずんで輝きを失った銀色の髪。

血が乾いたせいでくすんだ白と赤褐色の混ざった肌。

なにより私の大好きだった深紅の瞳は生気を失っていた。

聖騎士たちを殺したのは、彼ら彼女らを無表情で切りつけていたのは、みんなの憧れだったはずの人物だった。

「──ぐぅっ!」

「…………」

大地を蹴って、即座に距離を詰めてきた総隊長の剣を受け止める。

相変わらず重い……!

「総隊長! 答えてください! なぜこんなひどいことを!」

「…………」

「どうして……⁉」

しかし、どれだけ問いかけても総隊長の言葉は返ってこない。

これが返事だと言わんばかりに剣が振るわれるだけ。

「うっ……らぁっ……！」

総隊長の剣を受け続ける私はそのまま押し切られそうになるが、必死につばぜり合いまで持ち込む。

目の前にいる彼女はまるで生きる屍《しかばね》。

こんなにも死臭を漂わせる人間がいるのだろうか。

リリーシェーン・スプライドを形成していた全ての輝きがくすんでいる。

何らかの魔法をかけられているのか……？

しかし、人間を操る魔法だなんて聞き覚えがない……。ましてやそんな危険な魔法を総隊長がまともに喰《く》らうなんて考えられない。

「答えてください、総隊長！　あなたが大切な仲間のみんなを殺したんですか⁉」

「…………」

「ぐっ……⁉」

返事代わりの前蹴りが腹へと刺さり、蹴り飛ばされた私は距離をとるように転がってすぐに立ち上がった。
「……それがあなたの答えなんですね」
「…………！」
……隊舎で殺された隊員たちのように、リリー総隊長は私を殺すつもりでいる。
覚悟を決めるのは私の方だ。
もう彼女は私たちの憧れたリリーシェーン・スプライドじゃない。
改めて剣を構え直し、目の前に立つ怪物と対峙《たいじ》する。
「……やるしかない」
本気で殺しに来る彼女に対して、力を出し惜しみする余裕はなかった。
これ以上被害を出さないためにも、私がここで殺す。
たとえリリー総隊長が私の立場だったとしても同じ選択をするはずだ。
なにより他の隊員の憧れを、思い出を汚させるわけにはいかない。
こんな思いをするのは私だけでいい。
必ず次の一撃で決着をつける。
すぅ……と深く息を吸った。柄を握る力を強くする。
そのまま剣を腰の位置まで下げて、左半身で構える。
普段ならば絶対に取らない受け身の、カウンターに狙いを絞った型。

だけど、今の彼女からは理性を感じられない。振るう剣に怖さが感じられない。これまでの想《おも》いが、経験が全くといって攻撃になかった。

「……お前がリリーシェーン・スプライドを名乗るな」

だからこそ、この型が刺さる。正気じゃない怪物には！

「来いっ！」

「…………！」

確かに瞬発力も、剣を振るう速度も速い。

だが、それは彼女のスペックに物言わせた荒々しいだけの攻撃。

『剣技』と呼べる代物なんかじゃない。

「――【蜂針穿孔《ほうしんせんこう》】」

怪物の放った頭部への斬撃をギリギリまで見る――見切って、体を内側へと滑り込ませた。

距離が縮まった分、斬撃は威力を失って私の肩に少しばかりの傷を残すにとどまる。

そして、舞う蝶《ちょう》を一撃で仕留めるかのように、正確無比に胸へと剣を突き刺す。

「あぁぁぁぁぁ!!」

これまで何度も手に味わってきた肉を貫き、骨を断つ感触。

剣を引き抜く時間は人生で最も苦痛な数秒だった。

カランと音を立てて落ちる総隊長の剣。

体中から力が抜けた総隊長は重力に従って、その場で崩れ落ちるように倒れた。

「はぁ……はぁっ……」

「……クリス」

「っ⁉ リリー総隊長！」

駆け寄ると本当にか細い、あの人のものとは思えない声で名前を呼ばれる。

だけど、私の好きないつもの瞳に戻っていた。

間違いなくさきほどまでの生気を感じさせない怪物とは違う。

「……ね？ 言ったでしょう？ クリスならいつか私を超えられるって」

「しゃ、しゃべらないでください！ 今すぐ止血を……！ 誰か！ 【回復《ヒール》】を使える者はすぐにこっちに来てくれ……！」

「約束……覚えてる？ 私の剣を……あなたにあげるって……」

そう言ってリリー総隊長は私の手を取って、腰に下げた鞘《さや》を握らせる。

そこには彼女の愛剣が。彼女の聖騎士としての魂が納められていた。この凶行の中で、最後までその剣だけは抜かなかったのだろう。

「私は勝っていません！ 正真正銘のあなたには一度たりとも！ だから、あの剣はまだ総隊長のものです！」

自分の上着を使って、少しでも失血を遅らせようとする。

必死に傷口を圧迫して、これ以上血を失わせるわけには……っ⁉

頭へと乗せられた手。そこに温かみはない。動きもしない。

彼女の死が迫っていることを理解し、受け入れてしまった。

「……クリス。……最後に……私の……くえの……うら」

もう言葉もかすれかすれで、ほとんど何を言っているのか聞き取れない。

「……ありが……う、クリス。……あなたで、よかっ……」

「……総隊長？　総隊長……！」

呼びかけるが返事はない。

瞳もまた先ほどまでのように輝きがなくなっていた。

違う……！　死んだんじゃない……！　これは、さっきみたいに！　そう、さっきみたいになっているだけで……！

「ラグニカ副隊長！　代わります！」

「あっ」

こちらへとやってきていた部下が私の体をどかして、代わる代わるリリー総隊長に魔法を使ってくれる。

だが、どれだけ魔法をかけようとも総隊長が二度と口を開くことはなかった。

それからはあっという間だった。

前代未聞《ぜんだいみもん》の聖騎士団総隊長による残虐な事件は国の判断によって公表されず、彼女は魔物との戦いによって命を失ったことにされた。

総隊長が今まで守ってきた国民たちが、彼女の死を悲しみ泣いてくれていた。ほんのわずかに救われた気分になった。

私は彼女の後を継いで、聖騎士団総隊長に任命された。

そして今、少しでも総隊長の生きた証《あかし》が欲しくて、処分される前に彼女の使っていた椅子に座って机に突っ伏している。

魂の抜けた表情で。

こうしていればまた総隊長が慰めてくれるんじゃないかと思って。

だけど、どれだけ待っても温かな手も、優しい声も降ってこない。

「……リリー総隊長」

それだけじゃない。

明日になれば、この彼女の部屋にあるもの全てが処分される手はずになっている。

彼女が存在した証明がどんどんなくなっていく。

唯一残ったのは……私の腰に差された一振りの剣だけ。

なんとさみしいことか。他には……他にはなにもないのだろうか。

あんな別れなんてあっていいはずがない。

脳裏に焼き付いたリリー総隊長との死ぬ間際《まぎわ》の会話。

「……そういえば」

最後にリリー総隊長は私になにかを伝えようとしていた。

あのときは救命に必死で何も思い至らなかったが、確か……。

『……クリス。……最後に……私の……くえの……うら』

考えろ、考えろ。リリー総隊長は確かに命が絶えるギリギリまで私のことを考えてくれていた。

なんの意味も無い言葉を発さないはずだ。

くえの、うら……くえの、裏……。

「……机の裏？」

私は即座に机を持ち上げて、ひっくり返す。

こうしてみるとわかる。底板がずいぶんと分厚い。

まるで書類程度ならなにかを隠せるくらいに。

「……失礼します、総隊長」

彼女の愛剣を使って、底板を切り離す。

すると空洞ができており、その中には紐《ひも》でまとめられたいくつもの書類があった。

「これは……！」

そこには悪事を行っている貴族と、その行為の内容が記されていた。

どれもが国の法律によって禁止されているものばかり。それに記載されている名前には大物だって存在する。

その一番上に書かれていたのは——ジューク・アンドラウス。

あの人が裁けなかった悪の名前。

私にだけ教えてくれたあなたの心残り。

強く、強く、抱きしめる。

「……必ずあなたの仇《かたき》を討ってみせます」

リリー総隊長が私に生きる意味をくれたような気がした。

◇◇◇◇◇

あの日から『悪』を憎み、剣の鍛錬を続けながら私はアンドラウス家の悪事を暴《あば》くために時間を捧《ささ》げた。

ようやく尻尾を摑《つか》んだが、そのときに奴《やつ》らと私は同じ舞台に立っていないことに気づかされた。

……結局、私はリリー総隊長の仇《かたき》を討つことが出来ず、聖騎士団すら追い出されて地下闘技場に身を落とした。

除名を言い渡されたときの絶望は決して忘れない。

唯一の支えだった仇討《かたきう》ち――悪徳貴族たちを裁き、リリー総隊長の残してくれた任務を遂行することすら出来なかった自分に、私は半ば自暴自棄になっていた。

そんな私を掬《すく》い上《あ》げてくださったのがオウガ様。

オウガ様に出会わなければ私は何事も為《な》せずに、地獄への道を歩んでいったと思う。

だが、未来は変わった。運命の女神は私へと微笑《ほほえ》んでくれた。

こうして再び仇《かたき》を討つ機会を与えてくれたのだから。

馬車で移動して、数時間。もう少しすれば夜も完全に明ける。

無事にアンドラウス領に入った私は馬車を降りて薄暗い街並みを歩き、指定された場所――ジューク・アンドラウスの屋敷《やしき》へと向かう。

「……それにしても酷《ひど》い街だ」

ヴェレット領とは真反対。この時間になればすでに働き出している領民がいるのに、ここは明かりがどこもついていない。

それだけじゃなく家もオンボロ。修復されていてもつぎはぎだらけの素人《しろうと》作業。

決して街が富んでいるとは思えず、どれほどの重荷を領民に背負わせているのか……アンドラウス家の悪政がよくわかる。

やはり奴《やつ》は生かしておいてはならないという思いが強まった。

「……ここに奴《やつ》がいるのか」

さきほどまでの領民たちの家が嘘《うそ》だったかのような豪邸。

まるで闇に紛れるように黒塗りされた屋敷《やしき》を見て、悪徳領主にお似合いだと鼻で笑う。

「……見ていてください、リリー総隊長」

扉に手をかけ、グッと力を込めて押し出した。

勢いよく開かれた両開きの扉。

注意を払いながら足を踏み入れると、一気に灯《とも》ったきらびやかな明かりが屋敷中《やしきじゅう》を照らす。

「……？」

眩《まぶ》しい光で暗闇に慣れた目をくらまして攻撃してくると思ったが、襲撃の様子はない。

次第に光に慣れてくるとまず目に入ったのは規則正しく置かれた丸テーブル。

ずらりと両端の壁に沿って並んだ燕尾服《えんびふく》の男たち。

まるで今からパーティーが開かれる会場みたいだ。

そして、その主催者は私の目の前――中央に立っていた。

「約束通り、一人でやってきたみたいだねぇ、クリス・ラグニカ」

丁寧に揃《そろ》えられた紫色の髭《ひげ》を撫《な》でながらニタニタと笑う痩せた老骨。

骨が浮き出るような体になっても未《いま》だに野心が潜んでいる瞳。

人を馬鹿にするように半月に歪《ゆが》むその目を私は忘れたことはない。

「……ああ、お望み通り殺しに来てやったぞ、ジューク・アンドラウス」

私は剣を抜き、その切っ先を奴《やつ》へと向ける。

こいつは、こいつだけは必ずこの剣で斬らねばならない。

「またお前の顔を見る羽目になるとは思わなかった。これも因果かね。どうも私たちは縁があるらしい」

「安心しろ。その縁も今日で断ち切れる」

「そう邪険にするな。綺麗《きれい》な顔が台無しじゃあないか」

「貴様に褒められても微塵《みじん》も嬉《うれ》しくないな」

……ここに出てきている奴《やつ》ら以外に潜んでいる気配は感じられない。

間違いなく奴《やつ》の用意した主戦力がこの場に集まっている。

両端に待機する黒服たちはみな頭《こうべ》を垂れて、背を丸めている。なんとも不気味な光景だ。

だが、肌に感じる実力は私に全く及ばない。それこそ一般市民と言われても驚かないほどに。

何度も読み返したリリー総隊長の残してくれた資料を思い出す。

……この男に魔法適性はなかった。

それなのにこの余裕はなんだ？　絶対に何かがある。……それこそ、リリー総隊長を陥《おとしい》れた卑劣な策が。

「どうした？　自分を蹴落とした憎き相手に復讐《ふくしゅう》に来たんじゃないのかぁ？」

「……私がお前を斬るのは私のためだけじゃない」

だけど、それがどうした？　隠し球を持っているならば、策ごと切り捨てればよい。

そのために私は剣を磨いてきた。

力を溜《た》めるべく上段に剣を構える。

「これまでお前が陥《おとしい》れた全ての人間の無念を晴らすためだ！」

――そして、命を刈り取る斬撃を解き放った。

「【斬華散撃《ざんかさんげき》】!!」

三方向からの高速の斬撃が全てを切り裂く衝撃波を生む。

武芸もない。魔法も使えない老体でどうやって切り抜ける！

「――『壁になれ』」

「なっ⁉」

私とアンドラウスの間に突如として飛び込んできた六人の黒服たち。

彼らは三つの斬撃を前に立ち塞がり、肉片と鮮血をまき散らして絶命した。

「いったいどうして……⁉」

「彼らが望んでやったのではないか？　立派な忠義者たちだ。私は幸せ者だなぁ」

薄ら笑いを浮かべるアンドラウスに全く動じた様子はなかった。

もとよりここにいる彼らは奴《やつ》の盾というわけか。

……しかし、どうも黒服たちの様子もおかしい。

斬られているのに、どうして悲鳴の一つも上げない。仲間たちもなぜ一切の感情を表に出さない。

『死』へのためらいがなさすぎる。

まるでいくつもの死線をくぐり抜けた戦士だ。だというのに、全く攻撃に抵抗もしなければ、力もあるようには見受けられない。

矛盾する特徴。

これならまだ奴《やつ》に操られていると考えた方が納得でき――――。

「――そうか。……お前か」

過去に残っていた謎といま起きている謎がつながった。

意思がないような単調な動き。

何よりもリリー総隊長の残した言葉。

『……ありが……う、クリス。……あなたで、よかっ……』

あの言葉の真意がようやく理解できた。

「お前が全てやったのか……！」

初めてだ。心の底から人を殺そうと思ったのは。

殺す、殺す、殺す！

リリー総隊長の魂を汚したこいつを許してはいけない。

この男は私が必ず殺さなければならない。

「いつのことを指しているのかはわからないが……そうだな。昔、お前に似て正義感を振り回していた女がいたなぁ。確か名前は……」

一拍置いて、奴《やつ》は悪魔のように嗤《わら》う。

「──リリーシェーン・スプライド」

「その名を貴様が口にするなぁぁぁ!!」

遠距離からの斬撃が全て防がれるならば一気に距離を詰めてその首を掻《か》き切《き》る。

テーブルを踏み台にし、天井まで飛び上がって奴《やつ》の背後に回った私はそのまま天井を蹴って、一気に剣を振り下ろす。

不可思議な現象は全て魔法じゃないと説明がつかない。

適性を持たないこいつだが、何らかの方法で魔法を使うことができる可能性がある。

ならば多角的に空間を使って、魔法の的を絞らせない。

対魔法使い戦での基本中の基本だ。オウガ様の仮説によれば優秀な魔法使いほど身体能力は低くなる。

怒りに飲まれるな。超接近戦へと持ち込め。

この男を殺すために冷静に対処する――

「――良《い》い動きだ。流石《さすが》だねぇ。だが、意味がないよぉ……『肉壁』」

また一切の躊躇《ちゅうちょ》なくアンドラウスとの間に割り込み、斬撃を一身に受ける黒服たち。

体が半分に分かれ、血の海を作り出していく。

「人の命をなんだと思っている！」

「人じゃないさ、こいつらは。私の民《もの》だ。ほら、『捕らえろ』」

「…………！」

「……すまない！　【大嵐】！」

名の如《ごと》し。その場で大きく回転して、体を押さえようと襲いかかってくる黒服たちを吹き飛ばす。

こんなことは望んでいない。無関係の人間を斬ることなんて望んでいないのに……！

「私はね、このときを待っていたんだよクリス・ラグニカァ。リリーシェーン・スプライドの時はよくも計画を邪魔してくれた」

奴《やつ》がこちらへ向き直り、自分のまぶたを指で大きく開かせる。

ぎょろりと動く漆黒の瞳。

なんだ？　何をするつもりだ……⁉

「これまで多くの魔法使いを倒してきたからこそ、その自信がお前を罠《わな》に陥《おとしい》れるのだ」

奴《やつ》の言葉を聞き入れるな。全ては私の思考を惑わすための戯《ざ》れ言《ごと》。

おそらく奴《やつ》の魔法を受けた瞬間、このうごめく黒服たちと同じようになってしまう。

アンドラウスから放たれる魔法を躱《かわ》すのが絶対条件。

瞬《まばた》きをするな。見ろ。見極めて魔法を処理して、黒服が邪魔できない距離で刺し殺――。

「――しっかりと目が合ったなぁ」

その瞬間、言い表しようのない恐怖が全身にほとばしる。

脳が危険信号を全力で鳴らしている。

マズい。あの目を見てはいけない……！

急いで私は顔を背けようとする。だが、それはほんの少しだけ間に合わない。

「【心操洗脳《ブレイン・ブラックアウト》】――『私の騎士となれ、クリス・ラグニカ』」

刹那、私の意識は深い水底に沈む感覚に襲われた。

◆Stage-Sub2◆ ジューク・アンドラウス

私は生まれつき神に嫌われた男だった。

貴族なのに魔法適性を持たない、貴族社会で最も価値のないゴミ。

それが私の生まれたアンドラウス家での私の評価だった。

父上も母上も私と決して目を合わせようとしなかった。

それでも教育を受けることができたのは私以外に子供が生まれなかったからだろう。

アンドラウス家の未来をよそ者に託すことをよしとしなかった父上は渋々といった感じで私を後継者に指名した。

私はずっと家族を恨んでいたが、このときばかりは父上の時代遅れな純血主義を諸手《もろて》を挙げて喜んだものだ。

しかし、私がトップになっても父上から口を出される日々が続いた。

傀儡《かいらい》政権だなんて揶揄《やゆ》されることもしかり。

ああ、私は私の意思で生きることを許されていないのだ。

そして、世界に絶望し、死ぬために自ら戦場へ向かうことを希望した私は——神に出会った。

その神様は私が持っていないものを全て持っていた。
全てをゴミのように蹂躙《じゅうりん》する暴力的な才能。
全ての上に立ち、他者を魅了する圧倒的なカリスマ。
彼女は目を焼き切るほどに眩《まぶ》しく輝いていた。
私は気がつけば彼女のために尽くし、彼女を喜ばせるために生きるようになっていた。
そして、転機が訪れる。
日々のご奉仕に対する対価を神様は私にくださったのだ。
あの日の言葉を一言一句、私は忘れたことはない。
『お前には魔法適性がないんじゃない』
『禁忌とされた属性の適性を持っていたから魔法適性なしと判断されたのだ』
『その名は闇属性魔法。——私と同じだ。だからこそ、わかった』
『教えてやろう、この力の使い方を。そして、喰《く》らい尽《つ》くすといい』
『お前も私の目指す新世界に足を踏み入れたいならな』
私は神様の言葉通りに行動した。
邪魔だった父上と母上を殺して実権を握った。
神様のために力を蓄えた。
国などどうでもいい。

私に手を差し伸べず、あまつさえ闇属性魔法という素晴らしい存在をこの世から消し去った奴《やつ》らに義理もない。

だから、私はこの人に全てを捧《ささ》げてでも尽くすのだ。

今回こそはきっと上手《うま》くやってみせましょう。

二度と失敗をしないように魔法の腕を磨き続けました。

あの忌々《いまいま》しい女騎士を操り、世間を震わせてみせた時とは違います。

あぁ……あぁ……！　あの時は邪魔が入ってしまいましたが、今度こそ……！

たとえ地獄へと突き進む道だとしても、神様が――フローネ様が喜んでくださるのならば。

私は――ジューク・アンドラウスは喜んで、飛び降りよう。

◆Stage3-4◆ お前の主は誰だ？

俺の朝は早い。この強靱《きようじん》な肉体を保ち、強化するために必要なトレーニングの種類が多いからだ。

「ふぅ……199、200……と」

重りをつけた状態での逆立ち片腕立て伏せももう慣れたものだ。

回数も入学当時の倍に増やせている。

体の疲労を鑑《かんが》みるに、まだ負荷を増やしても問題はないだろう。

「アリス。重りを追加して……」

そこまで口にして、いつもサポートしてくれる彼女がいないことを思い出した。

仕方なく、足を下ろして終了にする。

「……なぜ何も教えてくれなかったんだ、アリス」

アリスが姿を消してから一晩が経《た》った。

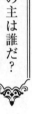

昨日は全員で待ち続けたが、彼女が帰ってくることはなかった。

できる限り彼女がいたときと変わらない時間を過ごすようにと思って、トレーニングルームまでやってきたが……むなしさが増しただけだったな。

彼女がどうして俺の元を去ったのか。

ただ一つわかるのはアリスが残した手紙に記された『お暇《いとま》をいただきます』の一文。

あれは俺の文通の問いへの答えだ。

彼女は俺の剣であることを拒否した。

それだけは間違いない事実として、俺の心に刻まれている。

「オウガ君っ」

名前を呼ばれて顔を上げると、息を荒くしたレイナが入り口に立っていた。

いったいどうしたのだろうか。

彼女がここまで呼吸を乱しているのも珍しい。

「お義父《とう》さまが私たちを呼んでいます」

「父上が？　確か今は王都にいるはずじゃ」

「ジューク・アンドラウスに接触され、急いで帰ってきてくれたみたいで……！」

「……わかった。すぐに向かう」

汗を拭うことすらせず、俺はレイナと共に父上の執務室へと歩を進める。

普段なら絶対にしないが、今は時間が少しでも惜しい。

父上はアリスがいなくなったことを知らない。だけど、このタイミングでの帰還。そして、俺たちが呼び出された理由。

……胸騒ぎは収まらず、歩く速度は速くなっていく。

「父上、失礼します」

入室許可を待たずに部屋の中に入ると、神妙な面持ちをした父上がいた。

「オウガ。これを読むんだ」

前置きもなく、父上から差し出された一通の招待状。

そこに押された封蠟《ふうろう》に見覚えがあった。

ゴードン・ヴェレット様

先日、お送りしました招待状に記載したパーティーですが、このたび特別仕様へと変わることになりました。

商品の持ち込みを希望される場合はぜひ受付でお申し付けください。

買い物を楽しまれたい場合は十分な資金をご持参の上、ご来訪ください。

また新たに我がアンドラウス家のパーティーの目玉となる剣士を手に入れました。

きっと愉快な時間をご提供することができるとお約束しましょう。

ジューク・アンドラウス

「これは直接手渡された。……おそらく特別仕様というのは奴隷オークションのことだろう。

私が実際に誘われたのは初めてだが間違いない」

アンドラウス家が人身売買を行っているという噂《うわさ》はずっと前からある。

だが、今ばかりは父上の言葉は右から左へと通り過ぎていく。

一カ所、どうしても見逃せない部分があったからだ。

「オウガ君！　この『新たな目玉となる剣士』って……！」

「……あぁ、間違いない。アリスのことだ……！」

「……まだ行き届いていない情報があるようだ。私にも説明してくれるか？」

「……はい、実は──」

父上がいない間に起きたアリスが失踪したことについて話す。

「……なるほど。ならば、二人の考えた通り、この剣士とはアリスのことだろう」

「このタイミングでのパーティーの仕様変更……可能性は高いと思います」

ということはアリスが何らかの手段を用いられて、ジューク・アンドラウスの手に落ちている……？

突飛な発想だが、考えてみたら彼女の正体さえ知っていればしかけるのは難しくない。

アンドラウスとアリスには深い因縁がある。

そして、フローネならば船での戦闘でアリスの正体をクリス・ラグニカと見抜いていてもおかしくないだろう。

その可能性にまで思考が至らなかった。

アリスは俺の許可なく単独行動をしたりしない。

アリスは誰よりも強いから心配する必要がない。

彼女への無条件の信頼が、油断となり、穴となって奴《やつ》らに突かれた。

そうだとしたら、あの残していった手紙にも理由がつく。

だったら、俺がとるべき行動は決まった。

「……父上」

「待て。言いたいことはわかる。だが、これは確実にオウガ……お前を引っ張り出すための罠《わな》だ」

「罠《わな》だとわかっていても、俺は行くつもりです」

どうあってもアンドラウスは俺と会いたくて仕方がないらしい。

どんな手段を用いてアリスを捕らえたのかは知らないが、この機会を逃せばアリスはフローネの闇属性魔法によって【洗脳】されてしまう。

そもそもアリスが狙われてしまったのも、俺の心の油断が招いたミスだと思っている。

「アリスの主人として、俺がやらなければならないことです」

「……どうあってもか？」

「はい。たとえ止められても俺はついていきます」

父上と視線が交錯する。だが、それも一瞬で俺が折れる様子がないと悟った父上は大きくため息を吐く。

「……わかった。同行を認めよう」

「ありがとうございます、父上。パーティーの日程は？」

「……今晩だ。きっとアンドラウスはお前が参加しないと知った瞬間から、アリスを狙っておびき出す作戦に舵《かじ》を切ったのだろう」

「かなり用意周到ですね……」

「そうまでしてもオウガの身柄が欲しいのさ、奴《やっこ》さんは。しかし、どうする？　いくらなんでも正面から突破するのは危険すぎるぞ」

父上の言うことももっともだ。

ジューク・アンドラウスも俺を迎え撃つ準備はしているだろう。

なによりフローネから俺の実力に関しては聞き及んでいるはず。無策だとは考えられない。

それに馬鹿正直にドンパチすれば他の貴族にまで被害を出してしまう可能性がある。

しかも、父上が内偵を続けているにもかかわらず、未《いま》だに奴《やつ》を処罰できていないということは、それだけアンドラウスは狡猾《こうかつ》で尻尾を摑《つか》ませないのだろう。

正面突破で下手を打ち、彼らの恨みを買ってしまっては父上の貴族たちからの信頼が失われてしまう。

なにか良《い》い方法は……。

「奴隷になるのはどうでしょうか？」

放たれた凛《りん》とした声音。

アンドラウスの招待状を眺めていたレイナがその三行目を指でなぞる。

「商品の持ち込み……これは奴隷で間違いないはず。奴隷が表に晒《さら》されることはないでしょうし、裏口から潜入できる可能性が高いと思います」

「なるほど……その手があったか」

確かにレイナの案ならば比較的安全に内部に侵入できる。

酷《ひど》い扱いを受けるリスクはあるが、アンドラウスが主催する以上ヴェレット家が持ち込んだ奴隷という名札があれば粗末な扱いはされないだろう。

少しでも傷がつけば値段が下がる。

ヴェレット家の商品にそんなことをしてしまえば、どんな処罰を喰《く》らうかわからない。

扱う管理者はそんなことを考えるはずだからな。

「すぐに奴隷に見える衣服を用意しよう。髪型も変えた方がいい」

「ありがとうございます、お義父《と》さま《う》」父上」

「女性用もお願いしますね、お義父さま」

「ダメだ。レイナはここで待っていてくれ」

「いいえ、私はオウガ君がどんな選択をしてもついていきます。もし聞いてくれないなら……単身で乗り込もうとしていることをマシロさんたちにも言ってしまうかもしれません」

言葉に詰まる。それは禁止カードだろう。

「私は実戦経験も、実力も十分にあると自負していますが……足手まといですか？」

「……わかった。その代わり、絶対に自分を犠牲にしないこと。これだけは約束してくれ」

「もちろんです。オウガ君にもらったこの命……決して散らしたりしません」

これがマシロやカレンならば絶対に断っていたが、レイナならば最悪の場合でも逃がすことができるからな。

マシロたちも隣に立ってくれると言ってくれたが、自分の身を護《まも》ることすら難しい彼女たちにはまだ早い。

今回は俺とレイナのツーマンセルで実行する。

大丈夫だ。マシロたちが寝ている間に全てを終わらせて、また俺たちの日常を取り戻す。

「これで全て決まったな？」

父上の問いかけに俺たちはうなずきかえす。

「残念だが国からの支援は期待できない。聖騎士団が動いたとバレたならすぐにパーティーは中止されるだろう」

そうなるとアリスは救えない。

ちっ……相手が強大だとやりにくいこと、この上ないな。

「本当の意味で二人きりというわけですね」

「だからこそ、事前準備をできる限りやろう。少しでも成功確率を高めるために」

決戦は夜。それまでの間、俺たちは三人で作戦を詰めていった。

◇◇◇◇◇

太陽は沈み、月の光だけが道を照らす。

ゴトゴトと馬車が揺れるたびに俺たちは固い金属の床に尻をぶつける痛みを我慢していた。

「まさかこんな檻《おり》まで用意できるとは思いませんでしたね」

クスクスと笑うレイナの姿は普段とまるっきり正反対。

まとめた髪の上からボサボサに汚した黒髪のカツラを被《かぶ》り、服もサイズの合っていないボロボロのシャツと穴の開いた長ズボンという組み合わせだ。なにより後ろ手に手錠をかけられている。両足も同じように足枷《あしかせ》がつけられており、自由に歩くのは不可能な状態だ。

田舎で拾われ移送されている奴隷の少女にしか見えないだろう。

俺もまた彼女と同じように茶色の長髪カツラを被《かぶ》り、服は半分裂けている粗末なものを着ていた。当然、手錠も足枷《あしかせ》もしっかりはめられている。

唯一、違うのはズボンのポケットにどうしても入れておきたかったものを忍ばせていることくらいか。

「ああ。座り心地が最悪なのが欠点だな」

「先導するお義父《とう》さまの乗っている馬車が恋しいですね」

「まったくだ」

床の部分も鉄で固いため、尻が痛くて仕方ない。

いつもの馬車がどれだけ乗り心地がいいのか、ありがたみを感じるな。

「それと仕方ないが……匂いがきついのもな」

「奴隷が洗剤の香りがする服を着ているわけがありませんから……我慢しましょう」

苦笑いを浮かべるレイナだが、彼女も俺と同じレベルの悪臭を感じているはずだ。

服やカツラにはわざと砂を被《かぶ》せたり、泥水につけたりと奴隷らしく映るように創意工夫がしてある。

前世だと衛生面的によろしくないが、この世界には【回復《ヒール》】という万能魔法が存在するからな。

レイナの言う通り、アリスを助けるまでと割り切って我慢しよう。

「お二人とも、もうそろそろアンドラウス家に着きます」

俺たちが乗る檻《おりつ》付き馬車を運転するヴェレット家の使用人が目的地のそばまで来たことを教えてくれる。

今回のパーティー会場はアンドラウス家の屋敷《やしき》。

……さて、おしゃべりもここまでだ。

気を引き締める。この先は命を懸けた戦いが待っているはず。

いつまでも遠足気分でいてはいけない。

背中を丸めて体育座りをして、少しでも自分の未来に絶望した青年を演じておく。

それと顔を極力見られないようにうつむいて……これで完璧だ。

そして、馬車の動きが止まった。

「…………」

顔をうつむけたまま、チラリと屋敷《やしき》を横目で見る。

黒塗りの壁のせいでわかりにくいが大きさは広い。

屋敷《やしき》の窓からはどこもかしこも光が溢《あふ》れ出《で》ており、この静寂の夜には似つかわしくない。

屋敷《やしき》の中はずいぶんと盛り上がっているみたいで、入り口のそばとはいえ外にいるのに笑い声や音楽が聞こえてきた。

「……ずいぶんと悪趣味みたいだな」

「パーティーはわかりやすく財力を示せますから」

「なるほど……っと。終わったみたいだぞ」

どうやら観察しているうちに父上が受付で手続きを完了させたみたいだ。

馬車が再び動き出して、屋敷《やしき》の裏側へと移動する。

そこには屈強なシルエットをした男が二人、門番役として。細身のメガネの男が一人、引き渡し役として立っていた。

「二人だ。ヴェレット家の品だから、乱暴に扱うんじゃねぇぞ」

「ええ、もちろんです。商品価値が下がっては儲《もう》けが少なくなる。ジューク様もそれは避けたいところ」

「なら、いい。じゃあ、後はよろしく頼むわ」

「おう。てめぇら、騒ぐんじゃねぞ」

檻《おり》から出された俺とレイナは、荷物のように門番役二人に担《かつ》がれる形で裏口から屋敷《やしき》の中……それも階段を降りて地下へと運ばれていく。

ここで怒りを買う必要はない。あくまで俺たちの目的はアリスの救出だ。無駄な戦闘は避けるべきだろう。

キラキラと輝いていた表とは違って、こちらはまるで幽霊屋敷《やしき》。

明かりもついていない薄暗く、ジメジメとした空間が通路一帯に広がっていた。

見やれば小さな牢屋《ろうや》みたいな部屋がいくつも連なっていて、そこに両手両足を手枷足枷《てかせあしかせ》でつながれた老若男女《ろうにゃくなんにょ》が転がっている。

とりわけ若い女性が多い。おそらく山賊にでも村を襲われて、連れてこられた口だろう。

「……助けて……神様、お願いします……」

「……どうして……パパ……ママ……」

「帰りたい……帰りたいよぉ……」

あちらこちらから誰かが泣く声が聞こえてくる。

それもそうだ。見ず知らずの貴族に買われて、待っているのは地獄の日々。

ただ労働力として働かされるだけならまだマシと言われる世界だ。

変態貴族にでもあたってみろ。毎日毎日、その歪《ゆが》んだ性癖をぶつけられるおもちゃにされて飽きられたらポイで終わり。

泣いてしまうのも致し方ない。

「うるせぇぞ!!」

門番の一人がドンと壁を叩《たた》いて、大声を張り上げる。

怒りは伝播《でんぱ》して、泣き声は止《や》んだ。

「ったくゴミの分際でイライラさせるなよ……クソが」

悪態をつく門番たちはさらに奥へと突き進み、空いていた部屋の中に乱暴に放り投げられた。

叩《たた》きつけられて体が少し痛い。乱暴に扱うなって言われたばかりだろうに……。

見かけ通りの脳筋か。脳みそのほとんどがそちらに偏っているらしい。

「お前ら本当にヴェレット家の用意した奴隷かよ……。確かに目だけは綺麗《きれい》だが、とんでもない外れ商品を持ってきたもんだな」

ズイと顔を寄せて、俺たちをジロジロと見た後、門番の一人がぺっとつばを吐き捨てた。

「泣くな。わめくな。それだけ守れば無事に檻《おり》から出られる。奴隷としてだがな」

「俺たちの機嫌を悪くさせない方がいいぞ。さもないと……こうなるからよぉ！」

門番がグルグルと肩を回してから太い腕を振るうと壁に拳がめり込んで、ヒビが入った。

「わかったら大人しくしとけや」

どうやら筋肉自慢も済んで気が晴れたらしい。

二人は持ち場へと戻っていく。

その気配が完全に遠ざかったのを確認して、俺は口を開いた。

「……何点だと思う？」

「10点です。オウガ君なら腕が貫通していたでしょうね」

「クックック、正解だ。そんな馬鹿なパフォーマンスはしないがな」

万が一、話し声を聞かれるのを避けるため、俺たちは身を寄せ合う。

「さて、どう動きましょうか」

「……アリスは目玉商品と書かれていた。奴隷オークションの最後に出てくるはずだ。目玉は最後に取っておくものだからな」

「ギリギリだとアリスさんを見つけられないかもしれません。この屋敷《やしき》は思っている以上に広そうです」

わざわざ屋敷内《やしきない》に奴隷専用の独房を用意するくらいだからな。

それに馬車で裏口まで移動した距離を考えると、奥行きも十二分にあると考えられる。

さらにこんな地下まであるとは……。

こんな中、アリスを探し出すのは一苦労だ。

「なら、パーティーが始まったと同時に動こう。さっきの門番役と引き渡し役を仕留めて、捜索に乗り出す」

「仕留めてしまって大丈夫ですか？　奴隷オークションが始まったときのために生かしておいた方がいいのでは？」

「あいつらがアンドラウスを裏切る確証がない以上、一緒だ。素直に言うことを聞くとは限らないからな」

「わかりました。ところで、他の奴隷さんたちは……」

「……フッ、そんなの決まっているだろう。父上との事前の打ち合わせ通りにヴェレット領へと連れ帰るぞ」

クックック、未来の貴重な労働力ゲットだぜ。

我が領地で働かされる方が変態貴族の毒牙《どくが》にかかるよりははるかにマシだろう。

ここにいるのはすでに故郷を失った者たちばかりのはずだしな。

この世界の奴隷は平民だけ。魔法を使えるのは貴族しかいない。なので、奴隷まで身分が落ちないのだ。

ときに没落した貴族の人間が拾われる例もあったみたいだが、それもごく少数で貴重。

こんな肥だめにいるわけがない。

だからこそ、魔法が使えるレイナがいる以上、魔法使いがいないと油断しきっている三人を仕留めるのは簡単なことだ。

「パーティーが始まったら受け付けを終えた奴《やつ》らも屋敷内《やしきない》に戻ってくるはずだ。そのタイミングで脳筋どもを引き寄せる」

「そこを迎撃、ですね。知性がありそうなメガネさんについては私が受け持ちます。アリスさんについて何か知らないか情報も吐いてもらいましょう」

「となると、ひとまずはあいつらに鍵を開けて中に入ってきてもらう必要があるな」

さきほどまでの様子を見ていれば挑発が簡単に効きそうな相手だ。呼び込むのは容易だろう。

流れは決まった。あとはジッと息を殺して、レイナと待つ。

そして、そのときは来た。

「……これで今日の受け付けは終わりです。オークションが始まる前に商品の状態をチェックしますよ」

「今回は結構上玉の女がいたな。あーあ、一回くらい抱きてぇもんだ」

「まったくだ！　ちくしょう。毎晩毎晩、安いブスの娼婦《しょうふ》にも飽きたぜ」

「……相変わらず品のない会話だ」

「うるせぇ、男児好き。お前には言われたくねぇよ」

三人の下劣な声とバタンと裏口が閉まる音が聞こえる。

俺たちはすぐさま目を合わせて行動を開始した。

【限界超越《ギア・チエンジ》】」

魔力を血液に乗せて体全体に巡らせて、心臓の働きを加速させて肉体を強化する。

「ふんっ」

自分の手錠を引きちぎると、レイナの手錠もわっか部分を無理やり広げて使い物にならなくする。

あとは元の通り手を背の後ろに回していれば、あっという間に脱出完了だ。

俺はレイナの足枷《あしかせ》が外れていることを気づかれないように彼女の前に体を移動させる。

そして小さく、だけどはっきり聞こえるように言葉を発した。

「おまえら三人とも下劣な存在だよ、ばーか」

一瞬の静寂。その後、怒気が混じって震える声が独房に響いた。

「……どうやら死にてぇ奴《やつ》がいるみたいだな？」

「……お望み通りぶっ殺してやるよ」

「おい、待てお前ら！　商品だということを忘れるな！」

引っかかった。

威嚇するように大きな足音を立てて、歩いてくる馬鹿が二匹。

細メガネの忠告も聞く耳持たず。

俺たちの部屋までやってきた男たちはガチャリと牢屋《ろうや》の鍵を開けた。飛んで火に入る夏の虫とはまさにこいつらだな。

「おい、ガキ。いたぶってやるから覚悟……あ？」

「残念。もう安い娼婦《しょうふ》さえ抱ける日はこねぇよ」

中に入ってきた瞬間、バキリと自分の足枷《あしかせ》を壊す。

捕まっていたはずの奴隷が自ら鉄の鎖を外した。その事実に呆気《あっけ》にとられて生まれた致命的な隙。

俺は思いきり奴《やつ》の股間めがけて、蹴り上げた。

「……あがっ……ごぽっ……!?」

メリメリと骨盤まで壊した手応えが伝わってくる。

想像もしたくない激痛に耐えきれなかった奴《やつ》はゴポゴポと泡を吹いて崩れ落ちた。

「レイナ」

彼女は名前を呼ばれるのとほぼ同時に男が倒れて生まれたスペースをすり抜けていく。

次の瞬間、細メガネの悲鳴が上がった。

これで作戦は成功したも同然だな。

「くそっ!?　てめぇ、よくも！」

さっきとてもすごい腕力を披露してくれた男が大きく振りかぶってパンチを撃つ。

キレもなければ速さもない。まるでノロマなそれを受け止めると、パンッと軽い音が鳴った。

この程度なら【限界超越《ギア・チェンジ》】を使うまでもなく、地力だけで圧勝できるな。

「なっ!?　俺の右ストレートを受け止めやがっただと!?」

「そんなに驚くなよ。これくらいできる奴《やつ》、何千人と世界にはいるだろうから」

摑《つか》んだ拳ごと男の腕をひねり上げる。

百八十度、百九十、二百……。ゆっくりと痛みを味わわせるように。

骨が軋《きし》む痛さに膝をついた男はさきほどまでの威勢はどこに行ったのか、涙さえ浮かべていた。

「いでで！　や、やめてくれ！　それ以上は腕がちぎれる！」

「心配しなくていい。そんな柔に人間の体はできていないから」

「そんなわけないだろ！　頼む！　ここから逃がしてやるからもう止《や》めてくれ！」

「続けるぞ。……二百十」

さらにひねると、ゴキンと骨が外れる大きな音がした。

「あぁあっ!?　く、くそったれがぁぁぁ!!」

最後の力を振り絞って男が残った左腕で再び拳を繰り出す。

「いいか？　右ストレートっていうのはこういうパンチのことを言うんだ」

拳を脇腹の位置まで引き、弓を引き絞るように溜《た》めて、溜《た》めて、解放する。

拳同士がぶつかると、奴《やつ》の左腕はぐしゃりとひしゃげて骨が皮膚を突き破った。

「ぎゃぁあっ！　う、腕がぁぁ!!」

「確か静かにさせるときはこうするんだったな？」

「がひゅっ……お……ぁ……」

奴隷たちを黙らせた時の真似《まね》をして、男の側頭部を思い切り叩《たた》いた。

骨の中で激しく脳が揺れた結果、男は白目をむいてその場に倒れ伏す。

これで脳筋たちは終了。さて、残るは細メガネだが……。

「し、知らない！　本当にそんな奴《やつ》の存在は知らないんだぁ！」

「そうですか。残念です。では、疲れたでしょうからゆっくりお休みになってくださいね」

「嫌だ嫌だ！　もう電撃はいびゃっ……っ……！」

レイナの指から放たれた魔法が直撃。細メガネは全身を激しく震わせると、ガクリと意識を断った。

「オウガ君。彼らは金でアンドラウス家に雇われているだけの末端だそうです」

「……この程度の実力しかない奴《やつ》に知らされているわけがないか」

予測できる範囲の結果だ。

特に気落ちもせず、次のフェーズへと移行する。

「お、おい、あんたら！　俺たちも助けてくれ！」

「お、お願いします！　私も！」

脅威が消え去ると、途端に奴隷たちは騒がしくなる。

希望の光が見えたのだから仕方ないが、あまり騒がれるのは喜ばしくない。

「しぃ……」と口に人差し指を当ててみせると、利口な彼ら彼女らはすぐに従ってくれた。

細メガネの体をまさぐれば……おっ、あった。牢屋《ろうや》の鍵。

「俺の言うことが聞けるか？」

「あ、ああ……！」

「なら、いいだろう」

俺は鍵を使って奴隷たちの部屋を開けていき、一人一人の手枷足枷《てかせあしかせ》を壊しながら説明していく。

「助かりたい奴《やつ》は外で待機しているヴェレット家の荷馬車に乗れ。安全な場所へと連れ出してくれるだろうさ」

「ヴェ、ヴェレット家⁉　ということは、あなた様はもしや……！」

「クックック……こんなところにお前の想像する男がいるわけないだろう？」

俺の正体に感づいたのだろう。

平民たちは途端に驚愕《きょうがく》し、うつむきながら体を震わせていた。

喜びもつかの間、というやつだな。まさか貴族の手に落ちる前に救われたと思ったら相手が悪徳領主で有名なヴェレット家の息子だったんだから。

だが、もう文句は言わせない。

「これ以上、何も口にするな。全員で迅速に行動しろ」

「……っ！」

何か言いたげだったが、その前に口を封じて強制的に移動させる。

人間というのはこういう危機的状況ほど他人の判断に頼りたくなる生き物だ。

一刻でも早くこの場所から離れたいという思いが、さらに平静を奪って視野を狭くする。

奴隷たちは一人残らず外へと出ていった。

クックック、ヴェレット領に戻ったら一人ずつ顔を確認しに行かねばな。

将来の俺のために回り続ける歯車候補たちだ。

「それではオウガ君」

「ああ。囚《とら》われのお姫様を助けに行くとしようか」

奴隷たちが出ていった扉に背中を向けて、俺たちはもぬけの殻となった独房を後にした。


「そっちはいたか⁉」

「いいえ、どうやらハズレみたいです」

「なら、次に行くぞ」

「はい……！」

扉を開けたまま、俺たちは地下通路を駆けていく。

地下施設は独房からさらに奥へと前後左右にありの巣のように小部屋がつながっており、それらをしらみつぶしに探していた。

俺たちが地上ではなく、地下の捜索を選んだ理由はいくつかある。

ラムダーブ島でもフローネは地下に【肉体強化エキス《ドーピング》】の工場を作っていた。

アンドラウスも同じようにアリスを隠していてもおかしくない。

それに俺ならばアリスほどの実力者をすぐに脱出できる地上に放置する選択肢はとらない。

だからといって、こうも地下を無防備に開けることもしないが。

「……おかしくありませんか、オウガ君」

「ああ……誰も人がいない……？」

ただ単にハズレを引いた可能性もある。

だが、ここまで開けてきた部屋の中には生活感が残っているものもあった。

慌てて起きたかのようにめくられたままの毛布。テーブルに置かれた飲みかけの酒瓶。笑顔で黒服に身を包んだ姿の写真を飾った写真立て。

間違いなく少し前まで人間が住んでいた形跡がそこら中にあるのに一人もすれ違わない。

そんなことがあるのだろうか。

「……どうします？　今ならまだ引き返せます」

「……いいや、残りも少ないはずだ。このまま突き進む」

中途半端《ちゅうとはんぱ》に迷ってはいけない。こういうときこそ初志貫徹。

もとよりアンドラウスが何の対策もせずにいたとは考えていない。

罠《わな》を張られているとわかった上で俺たちは敵の懐《ふところ》に飛び込んだのだ。

焦《あせ》る気持ちを抑えながら、俺は目の前の扉を開ける。

すると、これまでは四方にあった扉が前方の一つだけとなっていた。

「ここが最後か……」

この先にアリスがいなければ俺たちの作戦は失敗に終わる。

ものの見事にアンドラウスに裏をかかれて、アリスがフローネの魔の手に落ちる未来が決定してしまう。

頼む……ここにいてくれ、アリス……！

祈りながら俺は運命の扉を開く。

その先に広がっていたのは本当に地下なのかと思うほど大きいシェルター。

上ではなく下へと深く掘られて高さを確保しており、俺たちはキャットウォークにあたる部分に出ていた。

一面が灰色のむき出しの壁で囲まれていて、まさに監獄のイメージそのもの。

そして、その中央に俺たちが探し求めてやまない彼女が立っていた。

「アリス！」

名前を叫ぶと彼女はこちらを見上げる。

……よかった。どうやら意識はあるみたいだ。

これで最悪の事態は免《まぬが》れた。

ひとまずは喜びを分かち合おうと柵を跳び越えて、彼女がいる地面へと降り立つ——と同時にアリスの剣が眼前に迫っていた。

「えっ？」

「【雷光《サンダー》】！」

ひらりと前髪の一部が宙を舞った。あと一瞬。一瞬でもレイナの魔法が遅かったらアリスの踏み込みは完璧になっており、飛んでいたのは髪ではなく俺の頭になっていただろう。

己を襲った死の可能性にゾクリと背筋が凍る。

「大丈夫ですか、オウガ君！」

レイナが俺の隣に降り立つ。

彼女がアリスに向けるまなざしには焦《あせ》りと敵意が込められている。

そして、アリスもまた剣を構えて、俺たちに鋭いまなざしを送っていた。

「……おかしいと思いました。捕虜なのに手錠もなにもつけられていないなんて」

待て、待ってくれ。……いったい何が起きているんだ。

混乱した頭が絞り出した言葉は彼女の名前だけ。

「アリス……？」

「さきほどからアリス、アリスと。誰のことだ、それは」

ガツンと頭を鈍器で殴られたような気分になる。

今の彼女の言葉ではっきりとわかった。理解してしまった。

俺たちの思い出にいるアリスでは絶対にあり得ない言動。それを可能にさせる手段を俺たちは知っている。

「……闇属性魔法」

すでにフローネが？　いや、奴《やつ》ほどの魔力……その存在感を見逃すわけがない。

ならば、どうやって？　まさかアンドラウスが……？

次々と湧き出てくる疑問と可能性。脳が現状の理解を拒んで、思考に逃避しようとする。

ただ現実は非情にも事実のみを突きつけてくるのだ。

「教えておいてやろう。私はクリス・ラグニカ。ジューク・アンドラウス様の剣。そして、騎士として侵入者である貴様らを排除する」

――どろりと底なし沼のような明るさを失った紅の双眸《そうぼう》が俺たちを睨《にら》みつけていた。

「オウガ君！　しっかりしてください！」

「……っ！　……すまない。もう大丈夫だ」

バシンと背中に張り手をお見舞いされる。だが、レイナが活を入れてくれたおかげでひとまず目は覚めた。

目の前にいるのは対魔法使い最強と謳《うた》われた剣士。

さらに武力においても俺をはるかに勝っている。

俺とレイナにとって、これ以上の難敵もいないだろう。

思考を乱している状態で戦っても絶対に勝ち目はない。

間違いなく俺たちはここで死ぬ。

……切り替えよう。

アリスが洗脳されている事実を受け入れて、その上で解決策を練ろう。

俺たちがとりうる手段は二つ。

アリスを気絶させるか【魔術葬送《デリート》】を当て闇属性魔法を解除するか。

どちらにせよ必要な条件は一つ。直接、彼女に攻撃を当てなければいけないということだ。

「クックック……アリスと接近戦か」

それも普段の特訓とは違う本気で俺たちを殺しにかかってくる彼女と。

だが、こちらにも特訓との差違はある。

頼もしい義姉と二対一で挑めるという点だ。

「レイナ。サポートを頼めるか」

「言われずとも。忘れられているんじゃないかと心配しました」

やる気は十分。できるできないじゃない。

アリスを救うためにはやらなければならないんだ。

……最後にずいぶんと厳しいミッションが残っていたものだな。

「今の私には【魔力強化エキス】がありません。雷属性以外の魔法は使えません」

「わかった。……さぁ、どこまでやれるか挑戦といこうか」

そう言って俺は軽く突き出した手のひらをアリスに向けて、トントンと軽く跳びながらテンポを刻む。

こうすることで筋肉が固まらず、自分のタイミングでも相手のタイミングに合わせてでも即座に対応できる。万能な守りの構えだ。

「……作戦会議は終わったか？」

「わざわざ待ってくれてありがたい限りだ」

「まだ罪を懺悔《ざんげ》する時間が必要なら待ってやるが……」

「必要ない。そんな予定は今後もないんでね」

「ならば……我が剣の錆《さび》となれ」

解放される殺気による圧。全身がひりつく感覚。

本気のアリスはこうもすごいのか。

「疾《し》っ！」

時間が切り取られたんじゃないかと錯覚するほどの踏み込みと速さ。

ほんの一息で俺との距離を詰めて、剣が胴を真っ二つに割らんと左側から迫ってきていた。

「ふぅう…………」

受けたらダメだ。腕の骨ごと持っていかれる。

触れるのは最小限に力を受け流して、軌道を逸《そ》らして無力化させろ！

剣の流れに沿うように左手を体の内側に入れて、剣身に掌底を放ち、刃の向きを横から縦へと変える。

力の行き場を変えられたアリスの攻撃は床を割る結果になった。

「…………っ！」

思わずつばを飲む。こんなのをまともに食らえれば即死は免《まぬが》れない。

恐ろしいのが今のは彼女の持つ剣技ですらなく、ただの攻撃だということ。

体力的にもいつまでも長引かせるのは不利。

だから、こうして彼女が自ら攻め込んできた機会を無駄にするな……！

「【魔術葬送《デリート》】！」

空いた右手でアリスの胸へと突きを放つ。

当てればいい。たとえその身で防ごうとしても触れれば俺の勝ちだ。

その瞬間、【魔術葬送《デリート》】が発動して洗脳を解除できるはず。

だから躱《かわ》しにくく、とにかく少しでも面積の広いところへ狙いを定める。

「ぬるい。だが、危険な香りがした」

「なっ……！」

振り下ろした剣から左手を離し、その手でクルリと腰の鞘《さや》を半回転させて突きを受けた。

わざわざ体に触れないようにそんな受け方をするなんて、どんな嗅覚してるんだよ……！

「ほら、驚いている暇があるのか？　切り上げるぞ」

異常な腕力をもってして片手で振るわれる斬撃。

「【雷光《サンダー》】！」

だが、割って入るようなレイナの魔法のおかげでアリスが回避に転じたため、刃が俺に届くことはなかった。

「助かったよ、レイナ」

「これくらいお礼を言われるほどでもありませんよ」

レイナは俺の攻撃の邪魔にならないように立ち回り、攻撃を放った後の隙を埋めるように魔法を使ってサポートしてくれる。

一人ではすでに死んでいたが、彼女がいることでなんとか五分五分に持ち込めていた。

「ふん……面倒くさい」

「それはこっちの台詞《せりふ》だな」

そう言って、再び同じ守りの構えをとる。

長期戦は確かに避けたい。だからといって自ら攻撃を仕掛けて、当たる未来も見えない。

いつの時代だって格上相手に勝つための戦い方は決まっている。

カウンター一本狙い。アリスとの戦いにおいて、これが俺の貫かなければならない形だ。

「あくまで守りに徹するか。……いいだろう。ならば、その考えが過《あやま》ちだと思い知らせてやる」

「…………なっ⁉」

「これは……！」

爆発的に跳ね上がるアリスの殺気。

さっきまでのは本気じゃなかったのかよ……！

気がつけば俺は一歩後ずさっていた。

脳から危険信号がうるさいくらい鳴っている。

戦ってはいけない、と。早く逃げろと生存本能が叫んでいる。

だが、なぜか恐怖に思考は停止することなく、今もこうやって回り続けている。

……これが俺の知るアリスの姿か？

『正義』を見失い、『悪』に操られて剣を振るう奴《やつ》がアリスと言えるのか？

俺が恐れるアリスとは目の前の信念もなく、剣を振るうだけの化け物だったか？

情けなく敗走を選ばなかったのはアリスを救うという想《おも》いが踏みとどまらせたから。

本能を理性で従えて、俺は彼女に立ち向かうことを己に強いた。

それが俺たちが歩むべき光の道に続くと思ったから。

「レイナ！　俺の後ろに隠れろ!!」

「【雷の二十四矢《サンダー・アロー》】！」

俺の呼びかけに反応して即座に飛び込むレイナ。

さらに俺たちの周りを囲うように雷の矢を降らせて守りも固めてくれた。

しかし、それでも迫る死の気配だけは一向に収まらない。

「――【残影空々《ざんえいからから》・斬風塵《ざんふうじん》】」

アリスの残影が十人。そのうちの一人が斬撃を放った。

◇◇◇◇

『みなさま、少々お待ちくださいませ。ただいま商品の準備をしております。今しばらくお待ちくださいませ』

さきほどから壇上でそうアナウンスが繰り返されている。

告知されていた奴隷オークションがいつまで経《た》っても始まらないので来賓貴族から不満の声が上がり始めたからだ。

そうか……成功したか、オウガ……！　レイナ……！

笑みがこぼれないように表情を取り繕いながら、周囲にいる貴族たちに奴隷オークションが始まらないことへの愚痴を漏らす。

残念ながら今日の奴隷オークションは開催されないぞ。

オウガとレイナが全て奴隷を逃がしたからな。すでに二人も行きしなに使った荷馬車でアンドラウス領を脱出している頃だろう。

商品がなければオークションが開始されることは永遠にない。

ならば、私はこのパーティーが終わるまで普段通り悪徳領主として振る舞っていればいい。

「──ヴェレット公。少しよいだろうか？」

「いかがされましたかな、アンドラウス殿」

……まさか向こうから話しかけてくるとは。

少しだけ気が楽になっていた分、驚いてしまった。

「ついてきてくれ」

「ああ、もちろん」

理由も説明せず、言葉少なげにアンドラウスはついてくるように促す。

私としても拒否する言い訳がない。

まさか国王様の命令で探りを入れているのがバレたか？

まだ判断を下すには材料が少ない。少なくとも、アンドラウスについていってからでもいいはずだ。

飲み物をウェイターに預けた私は一度、彼の後ろに続いて外へと出る。

そのままアンドラウスが向かったのは奴隷を預ける屋敷《やしき》の裏口だった。

「……ここがどうかしたのか、アンドラウス殿」

「実は私たちの奴隷オークションを邪魔するネズミが入り込んだみたいでねぇ」

「なに⁉　それは本当か⁉」

跳ね上がる心臓。……慌てるな。

まだネズミの正体がオウガたちだとは言っていない。

絶対に尻尾だけは摑《つか》ませるな。

「奴隷たちが全て逃げ出してしまったんだ」

「……そうか。それでオークションが遅れて……」

「そういえば今日はヴェレット公も奴隷を預けてくれていただろう？　すまないな。私の不手《ふて》際《ぎわ》だった」

「謝らなくていいさ、アンドラウス殿。私たちの仲じゃないか」

「ありがとう、ヴェレット公。……本当にありがとう」

そう告げるアンドラウスの表情はニチャリと気持ちの悪い笑みに変わった。

……嫌な予感がしてたまらない。冷や汗がつぅ……と背中を流れる。

「だが、安心してほしい。私のとっておきの奴隷は無事だったみたいでなぁ、ちょうど今ネズミを捕獲してくれているのさ」

「……そうか。それは喜ばしいことじゃないか」

今日ほど積み重ねてきた年月に感謝したことはない。

経験の少なかった頃の自分ではグルグルと胸に渦巻く感情を律することができなかっただろうから。

「そうだ、喜ばしいことさ。だからなぁ、ヴェレット」

グルリと細い腕が肩に回される。

獲物を捕らえにかかったヘビのように。

「一緒に見に行こうじゃないか。私の自慢の奴隷によって私たちの邪魔をしたネズミがいたぶられる姿をなぁ？」

そのささやきに私はうなずくことしかできない。

こみ上げてくる激情を爪が食い込むくらい拳を握りしめて我慢する。

目の前の悪魔への怒りがマグマのようにグツグツと煮えたぎっている。

だが、何よりも私が怒りの矛先を向けているのは自分自身だった。

オウガが優秀な結果を残しているからと甘い判断を下し、ここまで連れてきてしまった私を。

愛息と愛娘《まなむすめ》が酷《ひど》い目に遭っているにもかかわらず、公爵家当主として国王の任務をやり遂げるためにこの怒りを表に出さない私を。

目の前の男と同じくらい殺したいと思った。

「席を用意しているんだ、行こう」

「……ハッハッハ。そのために私を誘ってくれたのか。感謝する」

「気にしなくていいとも」

アンドラウスについていき、地下へと降りると三人の見覚えのある奴隷商が転がっている。

どうやら気を失っているようだ。

しかし、そんなこと、アンドラウスは気にも留《と》めない。

今はまだオウガたちが無事なのかどうかだけを知りたい。

はやる気持ちを抑え、アンドラウスの後をついていく。

奴《やつ》はわざとゆっくり、ゆっくりと老骨らしい振る舞いをしている。

……決して隙を見せるな。私までやられるわけにはいかない。

ほんの数分の時間が何時間にも感じられた道のりを歩き終えた私たちの前には開きっぱなしの扉があった。

「このシェルターにいる。奴隷を逃がしたネズミと私の自慢の剣士がなぁ」

踏み入れたくない。見たくない。

そんな感情を押し殺して、シェルター入り口をまたぐ。

「…………はぁ……はぁ……」

「【回復《ヒール》】！　【回復《ヒール》】！　【回復《ヒール》】！」

眼下には、胸元から大量の血を噴き出しているオウガと必死に【回復《ヒール》】をかけ続けるレイナの姿があった。

◇　◇　◇　◇　◇

「……はぁ……はぁ……」

「オウガ君！　大丈夫ですか……？」

「……あぁ……助かった」

血を失いすぎて視界がくらむ。頭がクラクラする。

胸骨はぐちゃぐちゃに砕けたか？　だが、レイナが必死に【回復《ヒール》】をかけてくれたおかげで吐き気を催す痛みだけで済んだ。

攻撃を受ける直前に発動した通常の【限界超越《ギア・チェンジ》】で気を失わなかった自分を今だけは褒めてやりたい。

確かに状況は俺たちが圧倒的不利に映るだろう。

だが、俺からすればたったこれだけの被害で、あのアリスの太刀筋を目に焼き付けることができた。

その事実が俺に希望を与えていた。

「……まさかこの技を食らって生きているとは……想定外だ」

驚いた表情を見せる彼女。

……やはり忘れているんだな。洗脳されていたならば、所詮は操られているだけの人形か。

「……一つ、訂正しよう」

膝に手をつき、ゆらゆらと立ち上がった俺はビッと奴《やつ》を指さす。

「確かにお前はアリスじゃない。正しくクリス・ラグニカだ」

アリスが剣を磨いてきたのは人を思う優しさからくる『正義』を執行するためだ。

誰かを助けるため『悪』を斬る。そのために日夜、剣を振って今の実力を得た。

ただ操られるままに剣を振る——そんな彼女の気持ちが乗っていない斬撃なんて、日頃のアリスに比べれば全く怖くない。

目の前の女はただアリスのスペックを使えるだけの偽物《にせもの》。

確かに殺気はすごい。だが、本気を出していなかったアリスの【残影空々《ざんえいからから》】の方が重く、俺に鮮明な恐怖を抱かせた。

だから、さっきの【残影空々《ざんえいからから》】は本物からしか斬撃が出なかった。

俺の理性が本能を説き伏せ、恐怖を打ち払ったから。

「初めからそう言っているだろう。いまさら、なにを……」

「ラグニカ！　さっさと殺してしまえ！」

「はっ！　我が主《あるじ》！」

ふと上を見やれば声を荒らげるジューク・アンドラウスとジッとこちらを見つめる父上の姿があった。

クックック……アンドラウスにでも連れてこられたかな。

しかし、あの老骨……焦《あせ》ったな。

ここで俺たちが死ぬと判断したのか知らないが、命令を下して自らがアリスを洗脳した張本人だと露見させた。

……そうか、あいつか。あいつがアリスの誇りを汚したか。

彼女が俺の剣になると誓ったあの日からアリスは俺のものだ。

彼女の悪を恨む感情も。振るう正義の剣も。穢《けが》れなき誇りも。全て含めて、俺のものだったんだ。

それが誰かの人生を背負う悪役としての矜持《きょうじ》だと思うから。

そんな覚悟さえ持たず、【洗脳】という楽な手段でただの道具として扱う？

あいつがやった行為だけは絶対に許さない。

俺は女人形に向けていた指を安全圏から観賞している老害へと移した。

「次はお前だ。そこから動くなよ」

「その言葉は無意味だ、侵入者。お前は今度こそ死ぬ」

「そういうのは人を殺してから言ってみろ」

「強がりか……？　次はその体をバラバラにしてやる！」

アリスが再び【残影空々《ざんえいからから》】を放つための殺気を解き放ち始める。

俺はそばにいたレイナを巻き込まれないようにゆっくりと押し退けた。

「……レイナ。あとは俺に任せてほしい」

「……大丈夫なんですね？」

「心配いらない。全く負ける気がしない」

そう告げると、彼女は納得した様子で俺とアリスの射線上から退く。

ここからは俺と彼女の語らいの場だ。俺たち二人だけが参加を許された聖域。

俺は知っているぞ、アリス。

お前の信念は、こんなちゃちな【洗脳】ごときに負けるほど弱いものじゃないと。

「今すぐ起こしてやるからな、アリス……！」

「……しつこい男だ。言っているだろう？　私の名は――クリス・ラグニカだ！」

力にものをいわせた斬撃による衝撃波が一直線に伸びてくる。

彼女を目覚めさせるためには、まず触れないと始まらない。

ならば、俺がとるべき選択は踏み込む一択！

「【限界超越《ギア・チェンジ》・剛《ごう》】」

全身から一気に魔力を右腕に流す。

膨大な血液と魔力が高速で巡った結果、赤黒く変色した右腕は鋼鉄にも勝る硬度を誇る。

その分、細胞の損傷も激しい……が、今は他のことなんて考えるな。

ただ目の前の彼女との語らいに集中しろ。

「【斬刃《きりば》流《なが》し】！」

衝撃波にタイミングを合わせて拳を撃ち出す。

金属同士がぶつかり合うような甲高い音が鳴った瞬間、一気に腕を内旋させる。

ねじりの力が加わったことによりはじかれて、軌道が逸《そ》れた衝撃波は後方へと流れた。

「奇妙な技を使う……！」

「全部アリスを倒すために日夜考えていた技さ」

何も実戦練習のたびに彼女に負けていたわけじゃない。

どうすれば彼女を倒せるかどうか突破口を探っていた。

「――ほら、もうここまで来たぞ」

俺の肉体はただでさえ世界によって強化されている。

そこに右腕に集中させていた【限界超越《ギア・チェンジ》】の力を両足に移せばどうなるか？

爆発的な瞬発力を得た俺は床を踏み砕いて、弾丸のようにクリス・ラグニカに迫っていた。

「【魔術葬送《デリート》】」

下から突き上げるように右腕で掌底を放つ。

対してクリスは手が体に触れないように剣で受けようとした――のを見て、左手で右腕の動きを止めた。

これによってクリスのテンポが一つ狂う。

「っ!?」

攻撃が予想のタイミングに来なかった場合、ほんのわずかながら隙が生まれる。

想定外の事態に脳が処理の時間を求めるからだ。

それにこの左手の役目はただテンポを狂わせるだけじゃない。

右腕の動きを抑えることで溜《た》めを作った。これによって解き放たれた右腕の速さはさらに加速する！

「【魔術葬送《デリート》】……！」

「がはっ……！」

間隙《かんげき》を縫った掌底がクリスの腹部へと突き刺さり、ぶっ飛ぶ。

お前の意識がアリスにあったならば、この攻撃は防げただろうよ。俺という人間がどんな手を使って攻撃してくるか、知っているからな。

だが、今のお前はクリスだ。

初見相手ならば、通じるフェイントもある。

さぁ……問題はこれで彼女が帰ってくるか？

【限界超越《ギア・チエンジ》】と【魔術葬送《デリート》】を同時に使っているため、十全の魔力を叩《たた》き込《こ》めなかった。

しかし、少しでも効果があったのはすぐにわかった。

「うっ……ぐぅ……！」

今までにない様子で苦しみ始めたクリス。

【魔術葬送《デリート》】によって【洗脳】の力が薄れて、内なるアリスが目覚めようと抵抗している。

ならば、俺にできるのは拳を通じて、彼女に語りかけることだ。

「アリス！　いつまで寝ているんだ⁉　好き勝手に操られたままでいいのか⁉」

「操られ……？　……違う。私はクリス・ラグニカ……ジューク・アンドラウス様の……剣」

「……まだ足りないか」

いいさ。お前が目覚めるまで何度だって、俺は拳を叩《たた》き込《こ》んでやる。

アリスに俺の未来を信じてさせてくれたこの拳でな……！

「疾《し》っ！」

「くっ……！」

【洗脳】が解けかけている影響か、クリスの足取りがおぼつかない。

今のうちにたたみかける……！

再び接近した俺は両拳をフルに使って、マシンガンのようにアリスへと殴りかかった。【限界超越・剛《ギア・チェンジごう》】によって強化された右手で防御をこじ開けて、左手でアリスの体に【魔術葬送《デリート》】を打ち込む。

「今のお前の太刀筋なら、俺はいらない！　こんなにももろくて弱い剣なんて信じられないからな！」

「黙れ！　私はリリー総隊長の後を継いで……継いで……私は？　奴《やつ》を討つと……」

「リリー総隊長！　そうか、お前の憧れの上官の名前か！　しかし、悲しいだろうなぁ。剣を託した相手がこんなにも弱い奴《やつ》だったなんて」

「ち、違う！　リリー総隊長は最後……そう最後、死ぬ前に笑いながら……なんで？　あれ、どうして総隊長は死んだ……？」

よし、いいぞ……！

たとえ一撃の威力が低かったとしても何度も繰り返せば【洗脳】の効果は薄れていく。

アリスの意識が徐々に戻り始めていた。

「……そうだ。総隊長は誰かに操られて……そいつを討つために……私、私は……」

「そうだ、アリス！　お前はオウガ・ヴェレットの剣となって、悪を滅ぼすと誓ったんじゃないのか⁉」

「……わ、私は……オウガ様……剣……名前……」

うわごとのように俺の言葉を繰り返すクリス。

【洗脳】が解けかけて、アリスとクリスで意識が混濁し始めた……！

これならば最後まで押し切れる――

「――『こっちを向け、クリス・ラグニカ』！」

「っ⁉　くそっ……！」

グルンとクリスの首がアンドラウスの方へと向く。

あいつ……！　闇属性魔法を使うための魔力をまだ残してやがったのか……！

彼女とアンドラウスの目線が重ならないように必死に右腕を伸ばす。

あちらを見やれば父上とレイナがアンドラウスの身柄を確保するために飛びついていた。

「他の駒を捨てて、私の魔力を全てくれてやる！　『オウガ・ヴェレットを殺せ、クリス・ラグニカ』！」

どうか……！　どうにか失敗していてくれ……！

だが、そんな俺の願いは儚《はかな》くも届かなかった。

「――――」

一閃《いっせん》。

切れ味鋭い上段斬りが視界を防ごうと伸ばした腕に食い込んだ。

「ぐっ……ぁぁ！」

ほとばしる激痛を堪えて、魔力の操作に全神経を注ぐ。

彼女の剣は腕を半分切ったところで動きが止まる。

危なかった……！　後少しでも【限界超越・剛《ギア・チエンジごう》】の発動が遅れていたら断ち切られていた。

だが、これで剣は固定したぞ！

さて、一つここは賭けに出るとしようか……！

「このまま剣は奪わせてもらう！」

「………！」

グッと腕を引いて、剣ごと彼女の体を引っ張った。

このままではリーチの長い剣では不利になる超近距離戦の間合いになる。

しかし、彼女は剣を手放す選択はしなかった。

「クックック！　ようやく俺とまともに向かい合ってくれたなぁ！」

俺はそのまま反対側の手を柄を握る彼女の手の上に添えた。

しかし、クリスは振り払おうとも、剣を手放そうともしない。

ただ一心不乱に剣を俺の腕から引き抜こうと必死に動かしている。

「……やっぱり洗脳されても、この剣は大事なんだな」

さきほど洗脳に乱れが生じたときに彼女が口にした名前、リリー総隊長というのが彼女が以前聞かせてくれた尊敬する上官なのだろう。

そして、この剣もリリー総隊長から譲り受けたもの。

だから、俺が馬鹿にしたとき反論してみせた。

ならば、クリス・ラグニカとしても、アリスとしても大切なものに違いない。

その読みは見事に的中した。

「悪かった。洗脳されても根っこの部分は変わらないみたいだ」

「…………」

「……どうした？　さっきと違って、だんまりじゃないか」

「…………」

いくら問いかけても彼女は答えをくれない。

ただ剣を引き抜こうと必死なだけ。

……さきほどアンドラウスは全ての魔力をくれてやると言った。もしかして、それによって【洗脳】が強くなった結果、彼女はさきほどまでわずかに残っていた自我まで奪われたとしたら……？

この行動も剣への想《おも》いなどからではなく、ただ命令を実行するための武器を取り戻そうとしているだけだとしたら？

……アンドラウス！　どこまで人を馬鹿にすれば気が済む……！

「……大丈夫だ、アリス。俺がこの苦しみから解き放ってやる」

泉のように湧き上がる怒りを堪えて、優しく言葉をかけた。

それほどに深い、深い領域まで魔法が行き渡っていることになる。

それを解くとなれば、俺もおそらく全力を出さねばならない。

つまり、剣を止めている【限界超越《ギア・チェンジ》・剛《ごう》】も解除しなければならないだろう。

ほんの少し逡巡《しゅんじゅん》して、結論はすぐに出た。

「いいだろう。俺の右腕はお前にくれてやる、アリス」

覚悟を決めた俺は少しずつ魔力を【魔術葬送《デリート》】へと移し替えていく。

腕の中でグジュリと剣がゆっくりと動き始める。

そのたびに肉をほじくり返されるような痛みが走り、気が失ってしまいそうになるが必死に唇を噛《か》みしめて堪えた。

……己の全てを否定され、操られるだけの人形にされる苦しみの方がきっと何倍だって辛《つら》い。

そう思えば、これくらいの痛みなんて平気な顔をして耐えてみせろ……！

もし本当に俺がアリスの言ってくれた世界を手中に収める男なら、これぐらいで弱音は吐かない!!

「あの日、誓ってくれたよな？　お前は俺の剣だと」

腕の痛みが増す分、魔力が回された【魔術葬送《デリート》】の効果も増える。

アリスの体から黒い闇が抜けていく。

暗くよどんだ瞳が美しさを取り戻していく。

もうそこに映るのはアンドラウスなんかじゃない。

「あのときからお前の全ては俺のものだ」

「……ぁ……ぁぁ……」

「だから、辞表だって認めない……。俺が許すまで、俺のために剣を振るってもらう！」

「……ガ……ぁ……まぁ……」

「アリスの人生を……過去も、未来も、この苦しみだって全て俺も背負って生きてやる……！

だから！」

「……ウガ……ぁ……ま……」

「思い出せ……お前の主《あるじ》の名を」

「……オウガ……さぁ……ま……」

「……やっぱりお前は最高の剣だよ」

【魔術葬送《デリート》】がアンドラウスの魔法を全て消し去る前に彼女の意志が打ち勝った。

最後の一押しをするために俺はアリスを抱き寄せる。

「さぁ、帰ってこい——我が剣《アリス》」

そう告げた瞬間、完全に【限界超越《ギア・チェンジ》・剛《ごう》】の効果が切れて【魔術葬送《デリート》】に魔力が全振りになる。

止められていた剣が腕を切り落とすために動き出す——と思われたが、ピタリと止まった。

カランと剣が落ちる音がする。

気がつけば彼女の両手は俺の背中へと回されていた。

「……ただいま戻りました、我が主様《オウガ》」

「……おかえり、アリス」

久しぶりのように思えた彼女の声を聞いて、今度は俺から強く抱きしめた。

◇◇◇◇◇

「馬鹿な……馬鹿な、馬鹿な、馬鹿な……！」

地面へ押しつけられている私は目の前の光景が信じられなかった。

あのクリス・ラグニカにガキが勝っただと⁉

いや、それだけじゃない！　全魔力を注ぎ込《つこ》んだ私の【心操洗脳《ブレイン・ブラックアウト》】が解除された……？

平民を何十人も同時に操れるほどの魔力量だぞ⁉　それを超える魔力量……そんなのフローネ様しか見たことがない。

これはいったいどういうことだ……！

私は何か悪い夢でも見ているのか？

「ふっ……どうやらこの勝負、私の息子の勝ちのようだな」

「ゴードン・ヴェレットォ……!!」

「本来ならこのままお前を監獄まで連れていくところだが……今回はその前に息子たちが言いたいことがあるみたいだ。応えてやるのが情けない私ができる数少ない償いだろう。ほら、立て」

「うぐっ！」

奴《やつ》は私の腕の関節を極《き》めながら、一段ずつ階段を下ろしていく。

くそっ……！　魔力さえ、魔力さえ切れていなければこんな奴《やつ》……!?

全身に注がれた強烈な殺気に思わず思考が遮られる。

……この感覚、覚えがある。

忘れもしない。フローネ様と戦場で出会ったときと同じだ……。

同じだけの殺気を目の前のガキが放っている……！

傷ついていたはずのガキの右腕はフローネ様の元弟子によって治療が行われ、みるみるうちに治っていく。

そして、奴《やつ》の睨《にら》むだけで人を殺せそうな鋭い視線が私を射貫いた。

「何が起きたか理解できていないといった顔だな、ジューク・アンドラウス」

「ひいっ⁉」

気圧《けお》されるような低い声で名前を呼ばれて、思わず悲鳴を上げてしまう。

……あぁ……わかった……。今ので本能が理解してしまった……。

このガキもフローネ様側の人間で、私とは違う神に愛された男なんだ……！

すぐに頭《こうべ》を垂れて、地面へとこすりつける。

「お、お許しください！ 私は、私はフローネ様に指示された通りにやっただけでして……」

「……本気でそう言っているのか？」

「ぐえっ……！」

ガキが近づいてきたと思うと、襟首を摑《つか》まれて持ち上げられる。

「く、苦しい……！ 首が絞まる……！」

「そうか。苦しいか。だが、お前が与えてきた苦しみはこんなものじゃないぞ」

徐々に締め付けが強くなり、目がチカチカし始める。

く、苦しい……息を……息をさせて……。

「お前が相手を人間扱いしないなら、俺だってお前を人間扱いしない」

苦しさから解放されたと思うと、浮遊感を覚える。

何事かと下を見れば、体が浮いていた。

……いや、違う。上空へ投げられたのだ——と理解したときには落下が始まっていた。

「――歯を食いしばれ、ゴミ野郎」

「ふべらぁっ⁉」

顔面に走る強烈な一撃。

鼻の骨と歯が砕ける感触がして、吹き飛んだ私は壁に叩《たた》きつけられた。

「いだい……！　いだいよぉ……！」

なんで、なんで、私がこんな酷《ひど》い目に遭わなくちゃならないんだよぉ！

口の中が血の味しかしなかった。ボロボロと折れた歯が舌の上にこぼれる。

この力……や、やっぱり……人間じゃない。

私は別の神様に逆らおうとしていたんだ……！

殺される……このまま私は殺されてしまう……！

「ゆるじて……もうゆるびてくだふぁい……」

近づいてくる神様の姿を見て、私は精いっぱい許しを請《こ》う。

何度も何度も頭を下げて、まともに出ない声を絞り出して謝罪する。

だけど、目の前の殺気は一向に収まる気配がなかった。

「……お前を許すかどうか……それを決めるのは俺じゃない。――我が剣《アリス》だ」

キンと剣が抜かれた音がする。

その瞬間、ネジが外れたかのように涙がこぼれ出した。

し、死ぬ……そんなの絶対に殺される……！

「私を見ろ」

「あがふっ⁉」

顎を蹴り上げられて無理やり顔を上げさせられる。

「……私がお前に望むことはただ一つ」

そこには本物の鬼がいた。

「おぐっ……ぶほぉ……おぇぇぇぇ……！」

激痛と恐怖の連続で胃から逆流した胃液を床にぶちまける。

意識が遠くなる。

も、もういい……。早く殺してくれ……。

苦しいのは嫌いだ……痛いのは嫌だ……。

……あいつだ。あ、あいつにさえ出会わなければ……フローネになんか会わなければ平穏に暮らせていたのに……！

ひんやりとした金属の感触が首筋に感じられる。

もう痛みで、何もかもグチャグチャで頭がおかしくなっていたのに、なぜかこれからされることはすぐにわかった。

首筋から冷たさが離れ、目に映るおぼろげなシルエットが動く。

直後に何が起きるのか理解した体は震えて、緩くなった股間から温かい液体が漏れ出た。

「地獄で、己の罪を懺悔《ざんげ》しろ」

黄色い湖を作りながら、私は自分の最期《さいご》を悟った。

◇◇◇◇

黄色が混ざり合った湖が床に広がる。

そこに気を失ったアンドラウスが倒れ伏していた。

「……本当にいいのか、アリス？」

「……はい。この剣を汚してまで切る価値もない男でしたから」

浮かべる笑顔はどこか憑《つ》きものが落ちたみたいに柔らかいものだった。

「ありがとうございました、オウガ様。私の長年の目標を果たすことができました」

「そうか……。それはよかった」

彼女がそういう選択をしたのならば、俺からは何も言うまい。

……アリスが洗脳されていたとき、発していた言葉から察するならば……リリー総隊長はアンドラウスによって操られて最期《さいご》を遂げたのだろう。

だから、アリスはアンドラウスの存在を知った際に単身で突入した。

その結果、尊敬する上官と同じように操られてしまったのは彼女にとっては最大の屈辱だっただろうに。

実際、己の復讐《ふくしゅう》相手だった男に洗脳までされたなら、命を奪うくらい当然の権利だと思う。

しかし、俺は彼女の決断を尊重する。

ここで俺が意見を歪《ゆが》めてしまっては、アンドラウスと同じく操り人形にしているのと同義だからだ。

……だが、ここからは話が変わってくる。

本来ならばこれにて一件落着……なのだが、そうは問屋が卸さない。

俺にはもう一つ、これから重大なミッションがある。

「……話は変わるが、アリス。お前がやるべきことはわかっているな」

「はい。――私の命をもって全ての罪を償わせていただければと思います」

この覚悟ガンギマリメイドを説得して、連れ帰るという最も大変なミッションが。

「違う、そうじゃない」

「いいえ、これしかございません。オウガ様に黙って単身行動をし、あまつさえ迷惑もかけて、なによりオウガ様に刃を向けてしまった。従者として失格レベルではありません」

なんで変な方向に突っ走るんだ、お前は。

アンドラウスが死んでいないのに、お前が死ぬなんて結末は絶対に俺は許さないぞ。

「全て俺たちに迷惑をかけまいとした行動の結果だろう？」

「……いいえ、全て私情のために動いた結果、招いた過《あやま》ちばかりです」

それに、と彼女は続ける。

「私は拾っていただいたご恩がありながらもオウガ様のメイドを辞めた身。これ以上の我《わ》が儘《まま》など到底自らを許せません」

「俺のメイドを辞めた？　それはどういうことだ、アリス」

「……使用人寮の自室の机に辞表を置いてきました」

「辞表……それはこれのことか？」

そう言って、俺はポケットに忍び込ませていた便せんを取り出す。

「なるほど……『お暇《いとま》をいただきます』か、なるほど……」

俺はそれを宙へと放り投げた。彼女に選択をさせるために語気鋭く言い放つ。

「斬れ、我が剣《アリス》」

「っ！」

俺の言葉に反応した彼女は迷う素振りさえ見せず、剣を抜いた。

一瞬の剣閃《けんせん》。

バラバラに切り刻まれたそれはヒラヒラと散って湖へと着水し、もう文字も読めない。

そんな辞表があった証拠はどこにもなくなった。

「クックック……どうやらお前の心は辞めたくないと言っているみたいだぞ」

俺の言葉にアリスは目を見開く。

「わかっていないみたいだから教えてやろう。……いまアリスがすべきことは俺の文通の質問に対して本心での答えを返す。それだけだ」

「……オウガ様」

「質問を忘れたなんて言わないだろうな」

「……まさか。これまで片時も、これからも忘れることのないお言葉でした」

「だったら、それに対してお前が思った気持ちを素直に教えてくれたらいい」

「……いいのでしょうか。私のような不届き者で」

「お前しかいないんだ。俺の覇道を切り開ける剣はな」

そう言って、アリスの頭をそっとポンポンと撫《な》でた。

「……わ、私は……私は……」

ポツリ、ポツリと彼女の目から涙のしずくが流れ落ちていく。

彼女と出会い、契約をした日を思い出す光景。

震える声。続きが紡《つむ》がれるまでずっと待つ。

「未来永劫《えいごう》、この命が尽きるまで——私の剣をオウガ様のために振るうことを誓います」

◆エピローグ◆

あの忙《せわ》しなかった一件から数日が経《た》った。

ジューク・アンドラウスは【雷撃のフローネ】とつながっていた証拠が数多く見つかり、秘密裏に王国で死刑に処されたということになっている。

全ての事情を知っている父上が国王様にお話しして決まったらしい。わかりやすく国民の溜《りゅう》飲《いん》を下げるためのパフォーマンスというやつだ。

実際の奴《やつ》は王国の地下牢《ちかろう》に捕まっている。情報源であるあいつを殺す理由はないからな。

とはいっても、精神がおかしくなってしまったらしく、もうまともに受け答えはできないらしいが……自業自得《じごうじとく》だ。

アンドラウスは本来なら捨てておくべきものまで保管しておいたあたり、よほどのフローネの狂信者だったのだろう。

それでも最後の責任逃れにフローネの名前を出したあたり、一番大切なのは自分自身だったようだが。

一連の事件を受けて様々なことが変わっていった。貴族界隈《かいわい》ではジューク・アンドラウスが消えた影響は大きいらしく、彼の広げた奴隷市場の後釜を継ごうと悪徳領主の間では水面下での争いが起きているのだとか。

しかし、誰も彼もアンドラウス家ほどの影響力は持っておらず、あぶり出されたバカどもを王国が処分を与えて潰していくらしい。

それが世間にとって変わったこと。

では、俺の周りで何が変わったかというと……。

「……オウガ様。お口をお開けください、あ～んです」

「あ～ん」

メイドに復帰したアリスが以前よりもかいがいしく世話を焼いてくれるようになった。

原因は包帯でグルグル巻きにされた右腕だ。

どうも洗脳アリスとの勝負で使った【限界超越《ギア・チェンジ》・剛《ごう》】の後遺症が残っているのか、慢性的な痛みが引かないのだ。

剣によってつけられた切り傷にしか【回復《ヒール》】も効かず、こうして固定して過ごす日々。

天より与えられた俺の肉体ですら【限界超越《ギア・チェンジ》・剛《ごう》】の連続発動は保《も》たないらしい。

たったあれだけのやりとりでボロボロになるのだから、しばらくは封印だな。

腕が使いものにならないとわかったとき、自分の右腕を切り落とそうとするアリスを止めるのにも苦労した……。

説得した結果、こうして俺の右腕代わり（物理）としてメイドらしくお世話をしてくれているというわけである。

そういう経緯もあってか、珍しくアリスはマシロたちにこの役目を譲らなかった。

「ごちそうさまでした」

「お粗末様でした。オウガ様、お手洗いは大丈夫ですか？」

「大丈夫だ。それくらいは自分でできるからついてこなくていい」

「さようでございますか……」

あと、変わったといえば心の距離が近くなったように思える。

以前はここまで明確に感情を出さないようにしていた節があったが、それが取っ払われた。

彼女の中で何か吹っ切れたことがあったのだろうか。

トイレについていけないからといって落ち込むのはやめてほしいが。

「……と、そろそろ時間か」

時計を見ればちょうど父上に呼ばれた時刻になっていた。

立ち上がって、執務室へと向かおうとするとアリスが扉を開けてくれる。

なぜか廊下には車椅子が置かれてあったが。

「……アリス。これは？」

「万が一、オウガ様が転んでしまい腕を悪化させてしまわないようにとご用意いたしました」

いつもの暴走かと思ったら、ちゃんとした理由があってビックリしたのは内緒だ。

そういうことなら任せるとしよう。

車椅子に腰を沈めると、アリスが丁寧に押してくれる。

「ここまで世話されるとダメ人間になってしまいそうだ」

「オウガ様は一人で抱え込んでしまう傾向にありますから、これくらいがちょうどいいかと思います」

「そうか？　……だが、そうだな。腕の怪我《けが》が治った後のトレーニングにはたくさん付き合ってもらうつもりだぞ」

「かしこまりました。リハビリメニューを組んでおきます」

「しばらく怠けると一気に反動が来るのが今から恐ろしいな」

「焦《あせ》らずゆっくりと感覚を取り戻していきましょう」

……うん、たまにはこういうゆっくりした時間もいいな。

というか、永遠に続いてほしい。

ここ最近の時間はまさに俺が目指していた美少女にお世話されて、のんびり生活そのものだ。

「おっと、階段か。流石《さすが》に立とうか？」

「いえ、座っていて構いません。そのまま運びますので」

アリスがひょいと車椅子を微動だにさせず持ち上げて、階段を降りる。

その廊下のいちばん奥に目的地の執務室があった。

「ありがとう、アリス。帰りは――」

「このままお待ちしておりますので、ご安心ください」

「――そうか。なら、頼むよ」

別に悪いことじゃないし、アリスの好きにさせてあげよう。

「それとオウガ様。今のうちにこちらをお渡ししておきますね」

そう言ってアリスが渡してくれたのはかわいらしい桃色の便せんだ。

彼女との文通はしっかり続いている。

おかげで新しくアリスについて知ることができた。

実は酸《す》っぱい果物が好きだとか少しだけ犬が苦手だとか……本当に些細《ささい》なことだけど、それでいい。

今までみたいに肉体論や武術、魔法関連ばかりしか盛り上がる話題がなかった方がおかしいのだ。

……そういえば、さっきも弾んだ話題は筋肉だったな。

帰りは必ず文通で得た情報から広げよう、うん。

そう決意した俺はアリスからもらった手紙をポケットに仕舞おうとして、アリスの視線が注がれていることに気がついた。

それになんだかそわそわと忙《せわ》しない気がする。

「……どうかしたか？」

「……すみません。このようなことに慣れておらず……その、オウガ様。そちらの手紙を読んだ際には、差し出がましいのですがお返事を早めにいただけると幸いです」

「なんだ、そんなことか。それくらいならお安いご用さ。父上との話が終わったら、すぐに読ませてもらうよ」

「……！　は、はい……！」

どうやら納得いったらしい。クックック、こんな風にお願いを言うようになったのは、いい変化かもしれないな。

さて、父上をあまり待たせてはいけない。コンコンと扉をノックする。

「おう、オウガ。入って構わないぞ」

「失礼します、父上――」

一瞬、思考が停止する。

父上の席の反対側に見知った超有名人がいたから。

……え？　国王様だよな。国王様がなんで我が家に……って、そうじゃない！

俺は慌てて片膝をつき、頭《こうべ》を垂れて挨拶をした。

「大変失礼いたしました、アンバルド国王陛下！」

「ハッハッハ。顔を合わせるのは初めてだな、オウガ・ヴェレット。以前うちのバカ息子がずいぶん世話になったようだな。……才能溢《あふ》れる若き者よ。私に勇敢な面を拝ませてくれ」

「もったいなきお言葉！　僭越《せんえつ》ながら失礼いたします」

許可をいただいたので顔を上げて、父上がポンポンと叩《たた》く隣へと座る。

俺の反応を楽しそうに見やがって……！

「父上。国王陛下がいらっしゃるならば事前にお伝えください」

「ガッハッハ！　サプライズだ、サプライズ！　驚いただろう？」

「心臓が飛び出るかと思いました……」

「アッハッハ、すまんのう、オウガよ。私が黙っておくように頼んだのだ。あまりゴードンを責めないでやってくれ」

国王様にそう言われてはこれ以上何も言えまい。

俺は目をつけられないために最高権力には従順なふりをすると決めているのだ。

「さて、オウガも来たことだ。早速、本題に入ろうかの」

「……申し訳ございません。どのような内容か、何も知らないのですが……」

「謝らなくていいとも。この情報は今が初出になる。そして、オウガ。貴殿に大いに関係のあることだ」

「私に……？」

うむ、と国王様は良《い》い笑顔でうなずく。

「今回のアンドラウスの一件。また大活躍だったそうではないか」

「……いいえ。自分一人の力ではなく、父上やレイナの協力があったからこそ達成できました。それに元をたどれば個人的な動機で動いたにすぎません」

「だが、結果としてフローネの土壌を一つ削り落としたわけだ。国として、国王として何もなし……というわけにはいかん。そこで一つ、国から貴殿に授けたいものがある」

……ちょっと待て、ちょっと待て。嫌な予感がしてきた。

サプライズにした理由が俺に知られたくなかったからだとしたら……？

……思い当たる節が一つある。

まさかそんなことがあり得るのか？　国王様自ら領地までやってきて……そ、そんなわけないよな！

だがしかし、俺の願いはあっけなく散ることになる。

「オウガ・ヴェレット。貴殿の働きぶりを考慮した結果、【聖者】の称号を授けることが正式に決定した！」

い、嫌だぁぁぁぁぁぁぁぁぁぁぁ!!

俺は引きつった笑みを浮かべながら、胸の内で思い切り悲鳴を上げた。

◇◇◇◇◇

「それではオウガ様。後ほどお伺いします」

「……ああ。……ちゃんと手紙は読むから安心してくれ」

「……！　ありがとうございます」

一礼をして私は部屋から出て、廊下を歩く。

ゴードン様の部屋から出てきたオウガ様は元気がなく、ずっとうなだれていらっしゃった。。

『少しだけ一人にしてほしい』と切実に言われては仕方ない。

そんな中でも私とかわした約束を守ろうとしてくれているのだから、本当にオウガ様は優しいく、そんな彼に仕えることができる私は幸せ者だと思う。

……いや、幸せどころではないだろう。なにせ自分が招いた結果で、主《あるじ》を殺そうとしていたのだから。

本来ならば自害を命じられるべき事案だ。だが、こうして今日もオウガ様の剣として、日々を過ごせている。

「……冷静に考えると私が書いたことはおかしいんじゃないだろうか……」

いや、しかし……未来永劫《えいごう》、オウガ様の剣であると誓い、オウガ様も許してくださった。

私が右腕代わりにこれまで以上に身の回りの世話をしようとした時さえ、『罪滅ぼしなんて気にしなくていい』とまでおっしゃって……罪滅ぼしの他にもオウガ様のそばにいたかったので押し切らせてもらったが。

とにかくオウガ様はもうあの日のことを気にしていない。だから、大丈夫なはずだ……。

ぐぅ……まさか私が剣以外にこんなにも心乱される日が来るとは……！

「……今ごろ、オウガ様はどんな顔をして手紙を読まれているのだろうか」

意識をしてしまったのは、間違いなくあのアンドラウスによって【洗脳】され、オウガ様に助けていただいたときだ。

私はずっと暗くて、冷たい水底に捕らえられていた。

誰の声も届かない、一人さみしい地獄のような場所。

そこに流れ込んできた一筋の温かな光。

私を押しとどめていた闇を消し去り、水面まで導いてくれた光はオウガ様のもの。

必死に水中でオウガ様の名前を呼び、はっきりと私の意志で声を出すことができたとき、そして私を抱きしめてくださっていたあの方の……。

あのぬくもりを知ってしまっては……もう以前までの私には戻れない確信があった。

オウガ様のために剣を振るう。

この誓いの内容は出会ったあの日から変わらない。

……だが、そう誓った理由は少しだけ変わった。

自分には無縁だと思っていた、新たな気持ちを知ってしまったから。

「アリス⁉」

バンと思い切り扉が開けられた音がする。

振り向けば、私の書いた手紙を持ったオウガ様が廊下に出ていた。

早速読んでくださったのが嬉《うれ》しい。

「こ、これはいったいどういう……⁉」

さすがのオウガ様は驚きを隠せないといった感じで私を見つめている。

珍しく普段よりも耳も赤くなっていた気がした。

……もし私で意識してくださったのならば、こんなにも喜ばしいことはない。

「はい。書いている通りが、私の気持ちで、質問でございます」

今回、私が綴《つづ》った最後の一文はこうだ。

――『心より愛しております。私もオウガ様のお嫁さんにしてくださいますか？』

終

あとがき

おはこんにちこんばんおっぱい!!（怒られるまでやめない）

読者のみなさま、会いたかったです。お久しぶりです、木《き》の芽《め》です。

さて、今回は最強メイドであるアリスがメインの回となりましたが、いかがでしたでしょうか。今まで深く掘り下げられなかった彼女の過去のエピソードなども書くことができ、またこれまでと違った印象を持っていただけたのでは、と思っております。

その中でもおそらくいちばんの衝撃を与えたのは……彼女が普段はサラシで胸の大きさを隠していたことだと予想しています。

大きいおっぱいは剣を振るうのに、どうしても邪魔になってしまいますからね。

一部の界隈《かいわい》では剣を振り下ろす際におっぱいにかかる遠心力を利用することで威力が増すという説があるみたいですが、残念ながら私におっぱいはついていないので試すことができません……。

もし実験をした読者様がいた場合はSNSのDMにてご連絡いただけると泣いて喜びます。お待ちしております。

さて、おっぱい談義もそこそこに残りも少なくなってきましたので謝辞に移らせていただきます。

担当のT様。

今回も大変ご迷惑をおかけいたしました！　本当に頭が上がりません！　次巻こそ締め切りを延ばさずに頑張りたいと思います……！　今後ともお付き合いよろしくお願いいたします。

イラスト担当のへりがる様。

絵の美しさがやばすぎます！　特に表紙のアリスの憂い顔……芸術品ですね！　巻を積み重ねるごとに推し絵が増えて困っております（笑）。

校正者様、デザイナー様、印刷会社様。本当に様々な方のお手を借りて、作品が出来上がっております。ありがとうございます。

そして、読者のみなさま。おかげさまで二巻でもSNSでのキャンペーンを実施できました。さらには重版という目標も達成でき、本当に感謝に堪えません。

また今月に本作のコミック版の第一巻も発売されます。こちら戦上《せんじょう》先生によって素敵な仕上がりとなっております。ぜひ、こちらもお手にとっていただけると嬉《うれ》しいです。

次の四巻でもみなさまとお会いできるのを楽しみにしております。

それでは、これにて締めさせていただければ。

木《き》の芽《め》

◉木の芽著作リスト

「悪役御曹司の勘違い聖者生活
～二度目の人生はやりたい放題したいだけなのに～」（電撃文庫）
「悪役御曹司の勘違い聖者生活2
～二度目の人生はやりたい放題したいだけなのに～」（同）
「悪役御曹司の勘違い聖者生活3
～二度目の人生はやりたい放題したいだけなのに～」（同）

本書に対するご意見、ご感想をお寄せください。

ファンレターあて先
〒 102-8177　東京都千代田区富士見 2-13-3
電撃文庫編集部
「木の芽先生」係
「へりがる先生」係

本書は、カクヨムに掲載された『悪役御曹司の勘違い聖者生活～二度目の人生はやりたい放題したいだけなのに～』を加筆・修正したものです。

電撃文庫

悪役御曹司《あくやくおんぞうし》の勘違《かんちが》い聖者生活《せいじゃせいかつ》3
～二度目《にどめ》の人生《じんせい》はやりたい放題《ほうだい》したいだけなのに～

木の芽《きのめ》

2024年4月10日　初版発行

発行者　山下直久
発行　株式会社KADOKAWA
〒102-8177　東京都千代田区富士見2-13-3
0570-002-301（ナビダイヤル）
装丁者　荻窪裕司（META＋MANIERA）
印刷　株式会社暁印刷
製本　株式会社暁印刷

●お問い合わせ
https://www.kadokawa.co.jp/（「お問い合わせ」へお進みください）
※内容によっては、お答えできない場合があります。
※サポートは日本国内のみとさせていただきます。
※ Japanese text only

※定価はカバーに表示してあります。

ISBN978-4-04-915591-4　C0193　Printed in Japan

電撃文庫　https://dengekibunko.jp/

電撃文庫DIGEST　4月の新刊

発売日2024年4月10日

第30回電撃小説大賞《選考委員奨励賞》受賞作 新作 **汝、わが騎士として** 著／畑リンタロウ　イラスト／火ノ	地方貴族の末子ホーリーを亡命させる――それが情報師ツシマ・リンドウに課せられた仕事。その旅路は、数多の陰謀と強敵が渦巻く過酷な路。取引関係の二人がいつしか誓いを交わす時、全ての絶望は消え失せる――！
声優ラジオのウラオモテ #10 夕陽とやすみは認められたい？ 著／二月 公　イラスト／さばみぞれ	「佐藤。泊めて」母に一人暮らしを反対され家出してきた千佳は、同じく母親と不和を抱えるミントを助けることに。声優を見下す大女優に立ち向かう千佳だったが、由美子は歪な親子関係の『真実』に気づいていて――？
声優ラジオのウラオモテ DJCD 著／二月 公　イラスト／巻本梅実 キャラクターデザイン／さばみぞれ	由美子や千佳といったメインキャラも、いままであまりスポットライトが当たってこなかったあのキャラも……。『声優ラジオのウラオモテ』のキャラクターたちのウラ話を描く、スピンオフ作品！
新説 狼と香辛料 **狼と羊皮紙X** 著／支倉凍砂　イラスト／文倉 十	公会議に向け、選帝侯攻略を画策するコル。だが彼の許に羊の化身・イレニアが投獄されたと報せが届く。姉と慕うイレニアを救おうと奮起するミューリ、どうやらイレニアは天文学者誘拐の罪に問われていて――。
創約　とある魔術の禁書目録《インデックス》⑩ 著／鎌池和馬　イラスト／はいむらきよたか	アリス＝アナザーバイブルは再び復活し、それを目撃したインデックスは捕縛された。しかし、上条にとって二人はどちらも大切な人。味方も敵も関係ない。お前たち、俺が二人とも救ってみせる――！
男女の友情は成立する？（いや、しないっ!!） Flag 8.センパイがどうしてもってお願いするならいいですよ？ 著／七菜なな　イラスト／Parum	「悠宇センパイ！　住み込みで修業に来ました!!」試練のクリスマスイブの翌朝。悠宇を訪ねて夏目家へやって来たのは、自称“you”の一番弟子な中学生。先の文化祭で出会った布アクセクリエイターの芽衣で――。
悪役御曹司の勘違い聖者生活3 ～二度目の人生はやりたい放題したいだけなのに～ 著／木の芽　イラスト／へりがる	長期の夏季休暇を迎え里帰りするオウガたち。海と水着を堪能する一方、フローネの手先であるアンドラウス侯爵に探りを入れる。その矢先、従者のアリスが手紙を残しオウガの元を去ってしまい……第三幕《我が剣編》！
あした、裸足でこい。5 著／岬 鷺宮　イラスト／Hiten	あれほど強く望んだ未来で、なぜか『彼女』だけがいない。誰もが笑顔でいられる結末を目指して。巡と二斗は、最後のタイムリープに飛び込んでいく。シリーズ完結！　駆け抜けたやり直しの果てに待つものは――。
僕を振った教え子が、1週間ごとにデレてくるラブコメ2 著／田口一　イラスト／ゆが一	志望校合格を目指すひなたは、家庭教師・瑛登の指導で成績が上がり、合格も目前！？　……だけど、受験が終わったら二人の関係はどうなっちゃうんだろう。実は不器用なラブコメ、受験本番な第二巻！
新作 **凡人転生の努力無双** ～赤ちゃんの頃から努力してたらいつのまにか日本の未来を背負ってました～ 著／シクラメン　イラスト／夕薙	通り魔に刺されて転生した先は、“魔”が存在する日本。しかも、“祓魔師”の一族だった！　死にたくないので魔法の練習をしていたら……いつのまにか最強に!?　規格外の力で魔を打ち倒す、痛快ファンタジー！
新作 **吸血令嬢は魔刀《おれ》を手に取る** 著／小林湖底　イラスト／azuタロウ	落ちこぼれの「ナイトログ」夜凪ノアの力で「夜煌刀」となった古刀逸夜。二人はナイトログ同士の争い「六花戦争」に身を投じてゆく――！！
新作 **裏ギャルちゃんのアドバイスは100%当たる** 「だって君の好きな聖女様、私のことだからね」 著／急川回レ　イラスト／なたーしゃ	朝の電車で見かける他校の“聖女様”・表川結衣に憧れるいたって平凡な高校生・土屋文太。そんな彼に結衣はギャルに変装した姿で声をかけて……！？“（本人の）100%当たるアドバイス”でオタクくんと急接近！？
新作 **これはあくまで、ままごとだから。** 著／真代屋秀晃　イラスト／千種みのり	「久々に恋人ごっこしてみたくならん？」「お、懐かしいな。やろうやろう！幼なじみと始めた他愛のないごっこ遊び。最初はただ楽しくバカップルを演じるだけだった。だけどそれは徐々に過激さを増していき――。

那西崇那
Nanishi Takana
[絵]NOCO
絶対に助ける。
——たとえそれが、
彼女を消すことになっても。
蒼《そう》剣《けん》の歪《ゆが》み絶《だ》ち
VANIT SLAYER WITH TYRFING
ラスト1ページまで最高のカタルシスで贈る
第30回電撃小説大賞《金賞》受賞作
電撃文庫

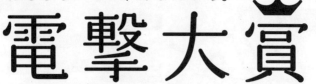